CORDEL da SUSTENTABILIDADE

Moreira de Acopiara

CORDEL da SUSTENTABILIDADE

Principis

Texto
Moreira de Acopiara

Editora
Michele de Souza Barbosa

Revisão
Fernanda R. Braga Simon

Produção editorial
Ciranda Cultural

Diagramação
Linea Editora

Design de capa
Ana Dobón

Imagens
Nadezhda Molkentin/shutterstock.com

Dados Internacionais de Catalogação na Publicação (CIP) de acordo com ISBD

M981c Acopiara, Moreira de
Cordel da sustentabilidade / Moreira de Acopiara. – Jandira, SP : Principis, 2023.
192 p. : il. ; 15,5cm x 22,6cm.

ISBN: 978-65-5097-074-1

1. Literatura brasileira. 2. Poesia. I. Título.

2023-1921 CDD 869.1
CDU 821.134.3(81)-1

Elaborado por Odilio Hilario Moreira Junior - CRB-8/9949

Índice para catálogo sistemático:
1. Literatura brasileira: Poesia 869.1
2. Literatura brasileira: Poesia 821.134.3(81)-1

1ª edição em 2023
www.cirandacultural.com.br

Sumário

Apresentação

Sustentabilidade é um assunto muito em voga, principalmente agora que temos visto muito lixo sendo jogado nos rios, florestas sendo devastadas para dar lugar a pastagem para a criação de gado, e animais ainda sendo perseguidos e mortos por pura diversão. Até os oceanos estão ficando poluídos. Se continuar assim, o homem brevemente vai acabar com tudo e se sentir muito solitário neste imenso planeta, que é diverso, bonito demais e rico em tudo, mas que também tem os seus limites e sofre com as agressões. Os recursos naturais são finitos, e o consumo exagerado acaba por produzir uma quantidade também exagerada de lixo. Alguns desses materiais poluentes que o homem descarta indiscriminadamente podem levar dezenas e até centenas de anos para se decompor e se reintegrar à natureza. Daí a necessidade de se reaproveitar não só o lixo orgânico, mas também materiais como vidro, papel, madeira, alumínio, ferro e tudo o mais, além do cuidado que devemos ter no sentido de não poluir o meio ambiente. O planeta Terra é a nossa casa. Se não cuidarmos adequadamente dela, quem vai cuidar? Hoje ainda podemos viver relativamente bem. Mas e amanhã? Como viverão os nossos netos quando a terra, cansada, não puder mais dar conta de produzir alimento para tanta gente? E o que fazer diante da escassez de água potável?

Ao longo desses anos escrevi poemas sobre muitos assuntos. Uma vez fui convidado para declamar na abertura de um encontro de ativistas que sempre lutaram pela preservação e revitalização do rio Jaguaribe. Isso foi na cidade de Iguatu, no meu sempre amado Ceará. Então escrevi "Quem ama tem mais cuidado". Esse poema foi recitado também em outras ocasiões, antes de ser publicado em livro e ganhar o mundo. Depois produzi "A carta que um sertanejo fez e mandou para Deus", dentro do mesmo tema, dessa vez para recitar na abertura de um evento sobre Ecologia na cidade de São Paulo, cortada pelos rios Tietê, Pinheiros e Tamanduateí, entre outros, todos completamente envenenados. Com o passar dos anos acabei fazendo outros textos nessa temática. Alguns deles foram publicados também em formato de folheto de cordel, outra paixão que faço questão de preservar. E agora, como parte de um projeto da Secretaria da Cultura do Estado de São Paulo, juntaram alguns desses poemas em um livreto singelo, feito artesanalmente e com material reciclado, para ser distribuído ao final de algumas apresentações minhas nas dependências das Fábricas de Cultura, segundo os organizadores, na esperança de que mais pessoas tomassem conhecimento da causa e abrissem mais os olhos na direção da importância de cuidarmos bem da nossa casa, da nossa família e do nosso planeta, que, como disse, já está no limite. É falta de juízo envenenar o rio que nos dá o peixe, o ar que nos dá o oxigênio e a terra generosa que nos dá o fruto.

Instigado pelo poeta Marco Haurélio, um baiano engajado nessa mesma causa, escrevi recentemente algumas estrofes em resposta a um seu lindo poema SAUDAÇÃO AO COMPADRE D'ÁGUA. E é com duas dessas estâncias que termino a apresentação deste livro, meu sexto trabalho que a Editora Ciranda Cultural, cuidadosa como sempre, bota na rua.

Um meu conterrâneo mostrou algum brio
No cabo da enxada, na lida com o gado.
Foi pai amoroso, filho dedicado,
Olhava de frente qualquer desafio.
Mas na sua aldeia deslizava um rio,
E ele, ambicioso, disse: "Quero um taco".
E espantou da margem tatu e macaco,
Eliminou plantas, matou as nascentes,
E, queimando ramas, frutos e sementes,
Provou ser um homem desumano e fraco.

Há uma vertente em quem mais confio,
Boto fé, e creio que você também.
São os ribeirinhos que desejam o bem
Do rio e da grota, da serra ao baixio.
Fui, no meu Nordeste, menino sadio,
Em águas limpinhas nadei livre e nu.
De boas lembranças eu tenho um baú,
Cresci, me fiz homem justo, ponderado,
De coração brando, pois fui bem criado
Na beira de um rio chamado Trussu.

Moreira de Acopiara

A LÓGICA DA TERRA

Então a nossa mãe Terra,
Que tem avançada idade,
Que é ponderada e não erra,
E com naturalidade
Trata os filhos por igual,
Vive crise crucial,
Uma espécie de agonia
Sem precedentes, comprida,
Prestes a ser engolida
Pela tecnologia.

Umas coletividades
Projetaram seus valores,
Instituíram verdades,
Se acharam superiores,

Mais ricas e adiantadas,
Criativas e educadas,
Únicas e essenciais,
Mas, dos modos mais cruéis,
Matam desde igarapés
A sociedades tribais.

Para muitos grupos, quem
Não possui televisão
E carro novo não tem
Respaldo nem condição.
Quem não é conectado
É tido por atrasado,
Por tapado e anormal.
Para a elite burguesa,
Quem não esbanja riqueza
Vive num mundo irreal.

Que ninguém me comprometa,
Conheço que também erro.
Mas noto que haja planeta
Pra fornecer tanto ferro,
Ouro, madeira, algodão,
Açúcar, álcool, carvão,
Água limpa e gasolina.
E o homem, desprevenido,
Crê que está superungido,
Que tudo pode e domina.

Os deuses e os feiticeiros
Foram substituídos
Por endeusados guerreiros,
Mercenários, corrompidos,
Tendo metralhas na brecha
Do inocente arco e flecha,
E em vez da catapulta
O poderoso canhão
Que devasta sem noção,
Seduz, reduz e sepulta.

Em vez do mito, já temos
Livro do "como fazer",
E assim, pouco a pouco vemos
A tradição se perder.
Mas vamos convir que a bomba
De hidrogênio possui tromba
Nada leve, nada cômica.
Seu poder supera a fé,
A lógica, tudo… Ela é
"Melhor" do que a bomba atômica.

É tão melhor essa bomba
Que não pode ser usada,
Senão nossa raça tomba,
Será toda dizimada.
E aqueles que a inventaram
Estão ricos, mas pecaram,
E mais dia, menos dia

Chorarão arrependidos,
Antes de serem engolidos
Pela tecnologia.

Nações mais adiantadas
Têm desejos de avançar,
Mas acabam sufocadas,
Mal conseguem respirar
Diante de ar tão ruim,
Como em Milão e Pequim,
Onde abundante escassez
De ventos bons e ares novos
Tem incomodado os povos
Italiano e chinês.

Não muito raro, progresso
Quer dizer destruição,
Que quer dizer retrocesso,
Queda, deseducação.
A terra não é fascista,
Capitalista, anarquista,
Islamita nem cristã.
Cumpre sem pressa a jornada,
Não está preocupada
Aqui com o nosso amanhã.

Terremoto não é nada!
É menos que um comichão.
Um tsunami é uma golfada,

E é como espirro um tufão.
Grande nevasca não passa
De um resfriado sem graça.
Quanto ao calor infernal,
É menos que febrezinha.
E assim a terra caminha
Seu percurso natural.

É perversa a construção
De um progresso que destrói.
Os nossos mares estão
Poluídos, e isso dói.
Aqui, assoreamento,
Ali um desmatamento
E um lago com lama preta.
E o que se pode fazer
No sentido de conter
A matança do planeta?

Alta tecnologia
Em muitos casos não é
Sinal de sabedoria,
Bom senso nem boa-fé.
É preciso trabalhar
Para redirecionar
O nosso estilo de vida,
Saudável, simples, segura,
Senão a nossa aventura
Na terra estará perdida.

Precisamos praticar
Os valores sociais,
Respeitar e preservar
Os recursos naturais.
Então, não se precipite.
A Terra está no limite
E é nossa casa e riqueza.
Não merece tantos danos
Nem seres tão desumanos
Destruindo a natureza.

Fauna e flora necessitam dos nossos muitos cuidados

Sempre gostei de abordar
Os temas diversidade
E sustentabilidade,
Que acho importante lembrar.
Não consigo me calar,
Porque tenho percebido
Tudo sendo consumido
Pelo fogo e pela guerra.
Logo o futuro da Terra
Pode estar comprometido.

Você veja o Haiti,
Olhe o Afeganistão,
Mais os estragos que estão

Promovendo por aqui.
Confesso que estremeci
Vendo as florestas queimadas,
As plantas modificadas,
Silêncio constrangedor
E as maldades feitas por
Pessoas dissimuladas.

Deixe que a arapuá
Possa fazer o seu mel.
Acho uma coisa cruel
Matar um tamanduá.
Não persiga o carcará,
Dono de tanta beleza.
Ao predador e à presa
Mais respeito é o que eu exijo.
Preserve o esconderijo
Dos filhos da natureza.

Seja justo e social,
Que é para não dar errado;
Respeite praia, cerrado,
Mata atlântica e pantanal.
Às vezes eu fico mal,
Quando visito o sertão,
Pois vejo devastação
Do pé da serra à chapada,
Ou muito prejudicada
A morada do carão.

Quando acontecem queimadas,
As grandes chamas cruéis
Matam preás, cascavéis
E as ararinhas, tão dadas.
As lindas onças-pintadas
Estão na lista também,
Pois o ser humano tem
Sido carrasco e austero.
Não é isso o que eu espero,
Nem de mim, nem de ninguém.

Entendo que a gente erra,
E eu também sou pecador,
Mas vejo falta de amor
Nos habitantes da terra.
Quem liga uma motosserra
Sem a menor compaixão,
Joga uma planta no chão,
Causa uma dor sem medida,
Pois ela também tem vida
E sofre grande aflição.

Que nós sejamos iguais,
Com inteligência e arte.
Vamos fazer nossa parte,
Pelo bem dos animais,
Cuidando dos manguezais,
De todo e qualquer lugar.
Se o sistema não mudar,

Não vai ter sequer ar puro,
E o mundo só tem futuro
Se a gente colaborar.

Na nossa atualidade
O desmatamento cresce,
E a natureza padece
Com tanta agressividade.
É falta de humanidade
Destruir quem nos criou.
Esse triste e pobre show
Me descontrola e atrasa.
Por que detonar a casa
Da rola fogo-apagou?

Você que é bom brasileiro
Trate com muito cuidado
Os rios do seu estado
E os bichos do seu terreiro.
Eu não quero desespero
Na Funai nem no Ibama.
Já não temos boa fama,
Mas eu morro e não aceito
Tanta falta de respeito
No Brasil de Pindorama.

Tanta gente desonesta
Cortando cedro e ipê...
Até saci-pererê

Defende a nossa floresta.
Onde o canário faz festa,
Botam veneno e trator.
Toda hora um invasor
Quer colocar mão e pé
Onde o indígena é
Morador, dono e senhor.

A floresta brasileira
Possui beleza que espanta.
O uirapuru quando canta
Estremece a mata inteira.
A preguiça-de-coleira
Gosta de se camuflar,
Quase não sai do lugar
Para fazer as escolhas
Das mais nutrientes folhas
Que a fazem se deleitar.

Por fim suplico que não
Destrua a mãe natureza.
É triste olhar a represa
Com tanta poluição.
Desrespeito e agressão
Não devem estar neste plano.
Apreciar um tucano
É grande felicidade
Em qualquer localidade,
Nos doze meses do ano.

Sobre sustentabilidade

Neste poema não quero
Falar de mundo moderno,
Nem do universo das drogas,
A meu ver um grande inferno,
Mas quero falar de um mundo
Sustentável, bom e eterno.

Desejo falar um pouco
De quem tem boa vontade
E produz sem destruir,
E ajuda a comunidade.
Isso é educação, cultura
E sustentabilidade.

Isso mesmo, estou falando
De ter amor e respeito

Pela terra, pelos rios,
Pela mata... Andar direito
Pelos bons caminhos que
Levam a um mundo perfeito.

Em sustentabilidade
Se fala constantemente,
Mas cortamos a floresta,
Poluímos a nascente,
Jogamos lama no rio
E queimamos a semente.

Se temos alguma coisa
Desejamos muito mais.
Matamos aves e peixes,
Comemos os animais
E cuidamos muito mal
Dos recursos naturais.

Dejetos e mais dejetos
São atirados no mar.
Abrem feridas na terra,
Lançam fumaça no ar...
Tudo provando que o homem
Não cuida bem do seu lar.

Por esse triste motivo
Indago constantemente
A mim mesmo sobre o nosso

Planeta futuramente,
Se a gente não tratar com
Cuidado o meio ambiente.

Não é nada admirável
Poluir mares e lagos.
Nosso planeta precisa
De cuidados e de afagos,
Mas infelizmente o homem
Tem feito grandes estragos.

A falta de amor à terra
É triste realidade,
E a falta de amor ao próximo
Me causa perplexidade.
Isso pode, com certeza,
Destruir a humanidade.

Então é preciso que
A gente faça bom plano
Para na estrada da vida
Não cometer tanto engano,
Cuidar bem da natureza,
Reciclar o ser humano.

Isso mesmo! O ser humano
Precisa ser reciclado,
Para não cometer erros
Cometidos no passado,

Para que o nosso planeta
Não seja tão maltratado.

Saúde e educação
Devem ser prioridade,
E o mesmo deve ocorrer
Com sustentabilidade.
A gente precisa ter
Mais responsabilidade.

Precisamos preservar
O pouco que ainda temos,
Com calma, e nos redimir
Dos erros que cometemos.
Se fizermos desse modo,
Todos nos favorecemos.

Já não está tão bom para
A presente geração.
Com relação à futura,
Qual será a decisão?
Será que vão conseguir
Viver sem destruição?

Desenvolvimento humano
É bom, eu tenho certeza,
Mas o relacionamento
Entre homem e natureza

Deve ser harmonioso,
Para não haver tristeza.

Nossos relacionamentos
Conjugais são, na verdade,
Movidos por sentimentos
De amor e fraternidade,
De cumplicidade... E isso
É sustentabilidade.

Eu mesmo já comprovei
Que a humana evolução
Só acontece se existe
Amor e aceitação,
Resignação, humildade,
Gratidão e compreensão.

E é necessário também
Que nós tenhamos cuidados
Com nós mesmos, porque somos
Todos muito limitados.
E a sustentabilidade
Nasce dos bons resultados.

Temas importantes como
Educação para a paz
E a sustentabilidade
Não podem ficar (jamais)

Ausentes nas discussões
Dos cientistas atuais.

No mundo globalizado,
Eu acho fundamental
Respeito à diversidade
Culinária, cultural,
Étnica, religiosa,
Sexual e social.

E para concluir: eu
Me senti lisonjeado
Quando para falar deste
Assunto fui instigado.
É tanto que este folheto
Fiz num papel reciclado.

É que com o passar dos anos
Aprendi a consumir
Somente o essencial,
Sem esbanjar, sem ferir.
Quero um mundo melhor para
As gerações que hão de vir.

Quero que todos me escutem,
Do recruta ao coronel.
Mas vou pôr ponto final
Nos versos deste cordel,
Pra não gastar muita tinta
E economizar papel.

A Mãe Divina e o parto do Universo

Primeiro veio o amor,
Cheio de boa intenção,
E invadiu o coração
Da Mãe, o ser Criador.
E no seu interior
Um óvulo foi colocado.
Ele ali foi fecundado,
E, sem nenhum aperreio,
No seu fecundante seio
O Universo foi gerado.

Terminou a gestação
E a Mãe, com desprendimento,
Deu à luz o Firmamento,

Os Astros, a imensidão,
A brisa, a escuridão,
Outras cavidades pretas,
As estrelas, os planetas,
Os vácuos adormecidos,
Os mundos desconhecidos
E os magníficos cometas.

A Mãe Divina, em seguida,
Tornou a terra fecunda.
Era do bem oriunda,
Bondosa e comprometida.
Então fez nascer a vida,
Com seres lindos e astutos,
Desde bichos diminutos
Até grandes vegetais,
Paisagens fenomenais,
Raízes, flores e frutos.

Determinada, botou
Nas águas peixes pequenos
E grandes, e nos terrenos
Mais água limpa brotou.
O céu logo se enfeitou
De passarinhos cantores,
Aves das mais lindas cores
Para prolongadas festas.
Depois botou nas florestas
Caminhos reveladores.

Logo a Mãe Divina, com
Largo sorriso no rosto,
Olhou e disse com gosto:
"Eu tenho bonito dom".
Vendo que tudo era bom,
Bonito e fundamental,
Prosseguiu: "É natural,
E a bondade não se encerra.
Vou favorecer a terra
Com presente especial".

E naturalmente quis,
Com toda a boa vontade,
Que houvesse capacidade
De amar e de ser feliz.
Produziu reto juiz,
Ensinou-lhe confiança
E disse com segurança:
"Cuide dessa terra enorme
E faça o homem conforme
Sua imagem e semelhança".

Depois, já muito orgulhosa,
Falou em forma de prece:
"Deus! E o homem se parece
Comigo! Sou venturosa.
Que coisa maravilhosa,
Interessante e saudável!
Cresça, homem, seja amável,

Que a vida se perpetua.
Faça dessa terra a sua
Habitação agradável!"

Ao ver tudo consumado,
Conforme já estava escrito,
Contemplou o infinito
E disse: "É do meu agrado
Que exaltemos com cuidado
Esse lugar tão fecundo,
Que é primeiro, sem segundo..."
Nesse instante preparou
Linda festa e celebrou
O amor, que é quem rege o mundo.

Depois dividiu a terra
Em diversos continentes,
Ao homem deu mais presentes
E disse: "Não faça guerra.
Cuide bem do pé da serra,
Das aves, dos animais,
Proteja os mananciais,
Não suje as águas dos mares,
Reine em todos os lugares,
Respeite os seus ancestrais".

Por fim disse Mãe Divina,
Vendo o homem satisfeito:
"Nunca falte com respeito,

Viva saudável rotina,
Fuja de mão assassina,
Evite ódio e rancor,
Não cause tristeza e dor,
Aja com serenidade,
Procure deixar saudade,
Faça tudo por amor."

A criação do Umbuzeiro

Quando Deus Nosso Senhor
Criou o mundo, ao fazer
As plantas, deu sombra e cor,
E em seguida quis saber
O que cada uma delas
Desejava, porque belas
Com certeza já seriam.
Elas então responderam,
Vibraram e agradeceram,
Enquanto se sacudiam.

A Macieira, a Pereira,
O Mamoeiro, o Coqueiro,
A Laranjeira, a Mangueira,
O Jambeiro e o Limoeiro

Pediram, muito empolgados,
Frutos diferenciados,
Bons e de fácil transporte.
O Angico, o Pau-ferro, o Ipê
E o Cedro... disseram que
Queriam madeira forte.

Então Deus Nosso Senhor
Avistou um pé de Umbu
E, num tom revelador
E brando, perguntou: "Tu
Desejas madeira forte,
Que até na hora da morte
Possa servir de caixão?
Ou queres frutos saudáveis,
Sumarentos e agradáveis,
Sempre ao alcance da mão?"

O Umbuzeiro disse: "Então
Eu quero madeira fraca
Que não sirva pra caixão,
Linha, mourão nem estaca.
Mas desejo sombras largas,
Para nas horas amargas
De cansaço e de calor
Sombrear terreiros mansos
E refrescar os descansos
Tranquilos do viajor.

Quero madeira precária,
E habitar o descampado.
Quero viver solitária,
Mas será do meu agrado
Abrigar os boiadeiros,
Os campeiros e os tropeiros,
Entre serrado e sertão.
Quero folhas verdejantes,
E a calma dos viajantes
Sob minha proteção".

Indagou Nosso Senhor:
"Mas por que fraca madeira?"
Disse o pé de Umbu: "Se eu for
Uma sombra prazenteira,
Sentirei grande alegria,
Pois não quero que algum dia
Os homens, a qualquer custo,
Cortem os meus galhos nus
E deles fabriquem cruz
Para o suplício de um justo".

E Deus, que é todo beleza,
Bondade... e bem-humorado,
Que um dia viu, com tristeza,
Seu filho crucificado,
Que pacifica e perdoa,
Que só possui coisa boa
Guardada no seu baú,

Rapidamente entendeu,
Refletiu e atendeu
Aos rogos do pé de Umbu.

E de lambuja lhe deu
Frutinhos adocicados.
O umbuzeiro agradeceu
Por esses muitos cuidados.
Hoje essa bonita planta
Alimenta, acolhe, encanta,
Agrada com seu frescor
E enfeita muitos terreiros.
Por isso é que os brasileiros
Têm por ela muito amor.

Se um dia você passar
Pelo lindo interior,
Se porventura avistar
Um pé de Umbu, por favor,
Faça ali uma parada,
Veja a copa esverdeada
E os frutinhos saborosos,
Que você pode colher.
Ali você vai viver
Momentos maravilhosos.

Vale de lama

Quando acontecem tragédias,
O povo sofre e reclama.
Ouvi alguém comentando:
"Minas, o Brasil te ama!
Se tu tivesses um mar,
Não seria um mar de lama".

Mas, infelizmente, Minas,
Já te fizeram dois mares
De lama infecta, deixando
Submersos muitos lares,
E ares de destruição
Em diferentes lugares.

Antes dos mares de lama,
Já destruíram montanhas.

Serras foram devastadas,
E malfadadas campanhas
Deixaram Minas Gerais
Com aparências estranhas.

Hoje eu pergunto: – Cadê
Meu pé de jaborandi?
Pra onde levaram o meu
Cachorro que estava aqui?
Que fim levou minha casa?
Não fui eu que a destruí.

Onde foi que se meteram
Minha horta, meu cavalo,
Meu boi, meu cultivador,
Minha vaquinha, meu galo?
E minha escola, cadê?
Choro quando nela falo.

Cadê meu pai, minha mãe,
Meus livros e meu irmão?
E a minha roça de milho?
Cadê meu pé de mamão?
E onde estão as minhas botas
E o meu carrinho de mão?

Vi uma mãe escutando
Seu filho lindo e sapeca.
E ele questionava: "Mãe,

Cadê a minha peteca?"
Já sua filha indagava:
"Onde está minha boneca?"

O mar de lama levou
Meus muitos e lindos sonhos.
Destruiu o meu quintal,
Deixou meus irmãos tristonhos,
Inseguros, mergulhados
Em pesadelos medonhos.

O mar de lama levou
Minha rede e minha cama,
Meu chinelo, meu chapéu,
Meu perfume e meu pijama,
Mas não levou a ganância
De quem produziu a lama.

O mar de lama desceu
Causando assustador som,
Deixando sujo e ruim
O que estava limpo e bom,
Transformando terra fértil
Em chão viscoso e marrom.

O mar de lama encardida
Interditou meus caminhos,
Assassinou os meus peixes,
Calou os meus passarinhos,

Deixou pesado o meu ar
E espantou os meus vizinhos.

Mas não foi somente a lama,
Com certeza foi o homem
Correndo atrás de mais lucro...
Mas as riquezas se somem.
Não é minério de ferro
Que os seres humanos comem.

E agora? Me diga, o que
Vou dizer para os meus netos
Amanhã, quando algum deles,
No meio desses dejetos,
Perguntar: "Vô, esses homens
De ontem eram completos?"

E agora, Minas Gerais,
Como é que me justifico
Na frente de quem só quer
Devastar e ficar rico?
E o que fazer quando a lama
Destruir o Velho Chico?

E agora? O que faço quando
Tudo se mostrar ruim,
Já que a beleza e a graça
De Minas estão no fim?
Quem vai me devolver tudo
Que já tiraram de mim?

Por fim, pergunto: “Quem vai
Amenizar esse drama?
Quem é que vai consertar
A terra que a gente ama?
E como sobreviver
Diante de um vale de lama?”

São indagações que a gente
Faz e deseja respostas,
Pois não se toleram mais
Tão destrutivas apostas.
Mas, infelizmente, quem
Pode fazer não faz bem,
Desdenha e nos vira as costas.

Cultura popular

No meu Brasil felizmente
A cultura não se atrasa.
Parece uma grande casa
De alegria permanente.
Isso me deixou contente,
E vou parabenizar
Quem cuida deste lugar
Com paciência e carinho.
Para mim este é o caminho
Da cultura popular.

O povo bom de Goiás,
Pernambuco e Ceará,
Rio Grande, Paraná,
São Paulo e Minas Gerais,
Sabe o que diz e o que faz,

E gosta de pesquisar.
Quem de outro canto chegar
Vai ficar embasbacado
Contemplando esse bocado
De cultura popular.

De Norte a Sul do Brasil
Os artistas mais famosos
Foram e são cuidadosos
Na construção do perfil.
Repare Gilberto Gil,
Artista espetacular,
Raquel e Zé de Alencar,
E o próprio Luiz Gonzaga
Que é chama que não se apaga
Na cultura popular.

Esqueço as minhas agruras
Toda vez que boto o pé
Nessa cultura que é
Base das outras culturas.
Eu não conheço lonjuras
Quando quero pesquisar.
Nunca me canso de andar
Buscando mais horizontes
E a fim de beber nas fontes
Da cultura popular.

Um povo que tem cultura
É muito mais desenvolto.

É mais alegre, mais solto,
Possui melhor estrutura.
Tem palavra mais segura,
Sabe melhor se expressar,
Convencer, ir voltar,
Falar em qualquer setor.
Por isso é que dou valor
À cultura popular.

Grande sacrifício fiz
Pra conseguir um diploma;
Aprendi outro idioma,
Conheci outro país,
Mas só pude ser feliz
Quando consegui voltar
E ouvir meu povo falar
Vixe, *prumode* e *quiném*,
Essas palavras que vêm
Da cultura popular.

Cordéis cantados e lendas,
Pau de sebo e cururu,
Fandango, maracatu,
Folia de Reis e rendas,
São as verdadeiras prendas
Que ajudam a preservar
A tradição milenar
Chamada de artesanato,
Que é verdadeiro retrato
Da cultura popular.

Histórias, contos de fadas,
Bumba meu boi, pastoril
Fazem lembrar o Brasil
Das alegres cavalhadas.
Forrós feitos em latadas
Numa noite de luar,
Pra quem gosta de dançar
Xote, xaxado e baião,
Tudo isso é tradição
Na cultura popular.

Tem o bonito natal
Com presentes e brinquedos;
Cantorias e folguedos
Retratam o Brasil real.
Mamulengo e carnaval
Também não podem faltar,
E é preciso ressaltar
Que diversão e arte,
E que também fazem parte
Da cultura popular.

Falando de instrumentos
De cordas, tem cavaquinho,
Viola, o amado pinho
Que eu uso nos meus eventos.
Já em outros movimentos,
Pra quem gosta de tocar
Podemos apresentar

Banjo, sanfona e guitarra,
Pra fazer parte da farra
Da cultura popular.

Sou poeta, sou artista,
Desbravador da cultura
E boto a xilogravura
Ao lado do cordelista.
Admiro o repentista
Que canta sem gaguejar;
Se escuto alguém declamar,
Lembro logo Patativa,
Outra mente criativa
Da cultura popular.

Tem o saci-pererê,
Tem o boto cor-de-rosa,
A cuca, a bruxa nervosa,
Pião, bila e bambolê,
Festa de São Saruê,
Sereia, deusa do mar,
Quem ouvir o seu cantar
Se exalta, sente um abalo.
É empolgado que falo
De cultura popular.

A debulha de feijão
Começa depois da janta;
Temos a semana santa,

Novena e renovação,
A fogueira de São João,
Foguetes cortando o ar,
Uma pipa a viajar
Sob influência do vento,
Tudo isso é movimento
Da cultura popular.

E o mais legal da cultura
Em qualquer localidade
É ver a diversidade,
Essa saudável mistura
Que todo dia se apura
Pra mais nos emocionar,
Divertir e alegrar
A vida dos meus patrícios.
São muitos os benefícios
Da cultura popular.

Quem ama tem mais cuidado

O brasileiro é feliz,
É bom, é justo, é gentil.
E eu não sei se há um país
Mais bonito que o Brasil.
E ele é pra ser bem tratado!
Não sugado, depredado
Da maneira que está sendo,
Porque, quer queira, quer não,
Depois da depredação
A gente é quem sai perdendo.

A terra que hoje desmatam
Merece zelo e afagos;
Porém há mãos que maltratam,

Que fazem grandes estragos.
Isso me causa gastura,
Pois tenho alguma cultura
E fui nascido e criado
Sem devastar pra crescer,
E ouvindo o meu pai dizer:
"Quem ama tem mais cuidado".

Olhando por esse prisma,
Vejo algo que me dói:
Muita gente sem carisma,
Para construir, destrói.
Veja o sertão nordestino!
Meu Deus, que triste destino!
É nele que ainda moro.
Amo essa quadra de chão,
Mas, vendo a devastação,
Fico muito triste, choro.

Afogo as minhas tristezas
Cuidando do meu jardim,
Pois não quero que as belezas
Do meu país tenham fim;
Como sou apaixonado,
Tenho especial cuidado
Pra não ferir meu amor.
Faço massagens nos pés,
Retiro as dores cruéis,
Dou-lhe cama e cobertor.

Buscando novos caminhos,
Tento não sair dos trilhos;
Canto para os passarinhos,
Pois esses meus estribilhos
Foi do meu pai que eu herdei,
Com eles me acostumei,
E, se eles não são completos,
Me dão novas esperanças.
São a melhor das heranças
Que hei de deixar pros meus netos.

Desejo que após a morte
O povo lembre de mim
Por ter sido bom e forte,
Não por ter sido ruim.
E se eu derramar suor,
Se fizer sempre o melhor,
Sei que terei recompensa
Sem precisar destruir.
Posso até não conseguir,
Mas a vontade é imensa.

Muitos rios hoje feios
Já foram limpos, repletos
De peixes, mas estão cheios
De putrefatos dejetos.
Repare que o Jaguaribe,
Que agora aflito se exibe,
Já deslizou bem limpinho

Procurando um paradeiro,
Tendo às margens um viveiro
De tudo que é passarinho.

No meu tempo de menino,
Nadava feliz e nu
Nas águas do pequenino,
Mas cristalino Trussu,
Que serpenteava fontes,
Pedras, encostas e montes,
Com muita delicadeza.
Mas hoje ele está doente!
Pode morrer brevemente,
Deixando muita tristeza.

Até mesmo o São Francisco
Dá sinais de decadência.
Sua vida está em risco,
E é preciso consciência.
Parnaíba, Beberibe
E o monstro Capibaribe
Estão muito castigados.
O Salgado, o Pajeú,
Açu e Banabuiú
Também requerem cuidados.

Estou lembrado de que
Pessoas se aglomeravam
Às margens do Tietê,

Pescavam e praticavam
Canoagem e natação.
Mas gente sem coração
Por ali apareceu,
Cortou mata ciliar,
E o rio, no seu lugar,
Não resistiu e morreu.

O Pinheiros caudaloso
Também já foi imponente.
Foi cristalino e piscoso,
Riqueza pra muita gente.
Porém não se defendeu,
E, maltratado, morreu,
Hoje é pura fedentina
Que me causa calafrios.
O futuro de outros rios
É bom que a gente defina.

Há vezes em que os humanos
São muito fracos de ação;
Na terra provocam danos,
Sem pensar na reação.
A natureza é perfeita,
E quando a gente a respeita
Ela nos dá recompensa.
Porém, quando é agredida,
Naturalmente revida
E age sem pedir licença.

Por isso as grandes enchentes
Nas cidades principais;
Se poluem as nascentes,
Se aterram os mananciais,
Cobrados todos seremos.
O mundo onde nós vivemos
Precisa ser respeitado,
Senão a “casa ainda cai”.
É como disse o meu pai:
“Quem ama tem mais cuidado”.

O CAMINHO LÁ DE CASA

Se você quer ir lá em casa,
Vou lhe ensinar direitinho;
Saindo de Acopiara,
Meta a cara no caminho
Que segue para Mombaça,
Preste atenção que ele passa
No meu lugar, o Cantinho.

Depois do Arco da Santa
Tem uma borracharia.
Por ali maneire o passo,
Fique um pouco de vigia,
Quebre para a esquerda e vá
Que lá em casa chagará
Em menos de meio dia.

A bem da verdade são
Sete léguas (mais ou menos).
Ali você achará
Irregulares terrenos,
Uma estrada esburacada,
E na beira dessa estrada
Matos grandes e pequenos.

Mas, se você for de carro,
É bom que vá devagar,
Pois naquela buraqueira
O carro pode quebrar.
O bom mesmo é ir andando,
Parando de vez em quando
E sem se preocupar.

Tem um pedaço de asfalto,
Coisa da modernidade,
Mas ainda bem que é só
Na saída da cidade.
Depois é tudo estradinha,
Por onde o povo caminha
Na maior tranquilidade.

Pra você se adiantar
Eu já vou dizer bem dito
Todo o trajeto. Você
Passa no Sítio Cambito,
No Alegre e no Bom Lugar.

Ali você vai achar
O lugar bom e bonito.

Passe pelo Parazinho,
Que é pertinho da Chapada.
Quando chegar na Floresta,
Você vai ver uma entrada
Acanhada, pra direita.
É outra estrada malfeita,
Mas ali não tem errada.

Entre nela e vá direto,
Observando o caminho,
Cada bicho, cada planta,
Cada cor, cada vizinho.
Beba a beleza na fonte,
Porque o Belo Horizonte
Faz divisa com o Cantinho.

Tem uma ladeira grande!
Suba toda e, depois, é
Muito bom que pare um pouco,
Pois ali mora o Pelé,
Tocador de berimbau,
Um amigo em alto grau
E bom vizinho do Zé.

O Zé é primo do Vanda,
Que foi muito jogador

De futebol, quando novo,
Forte e cheio de vigor.
Mas hoje não joga nada,
Possui a cara enrugada
E o cabelo de alva cor.

Se quiser, beba uma água
Lá no Raimundo Anania,
Que é um sujeito disposto,
Negro de garra e valia.
Já foi muito cachaceiro,
Mas agora está caseiro,
Só por causa da Maria.

É ela a mãe dos seus filhos
E a mulher do seu agrado.
Pode perguntar por mim
Que será logo informado,
Pois ali sou conhecido,
E aquele povo tem sido
Prestativo e educado.

Ali todo mundo acha
Bonito aquele deserto;
Mais um pouco e você chega
No terreiro do Norberto.
Dali repare pra baixo,
Desça, atravesse o riacho,
O seu destino está perto.

Pise forte, vá sem medo,
Por aquela mesma estrada;
Quando avistar mais à frente
Um terreiro, uma latada
E um casarão muito antigo,
Ali mora um seu amigo,
Já pode fazer parada.

Não é um sítio tão grande,
Mas é muito especial;
Na frente tem um açude,
Mais à direita um curral,
Algumas boas vaquinhas,
Patos, guinés e galinhas
Ciscando pelo quintal.

Chegando ali, beba um ponche
De cajá ou de limão;
Se escutar alguns latidos,
Não se afobe, é Tubarão.
Mas não é um cão tão brabo!
Chame que ele abana o rabo
E vem cheirar sua mão.

Se eu não estiver por perto,
É que estarei ocupado
Ali com os meus afazeres,
Talvez cuidando do gado
Ou de alguma plantação.

Mas arreie o matolão
E já se sinta arranchado.

Dos meus amigos de infância
Não tem mais quase ninguém;
O Chico Lopes morreu,
Antõe Raimundo também,
E eu não sei o paradeiro
Do Chiquinho sanfoneiro,
Nem sei se ele inda aqui vem.

Josa mudou-se pro Rio,
Reside numa favela;
Ciço é pedreiro em Vitória,
Prua esticou a canela,
Zeto entregou-se à bebida...
Sônia vai tocando a vida,
Mas inda me lembro dela.

A carta de um sertanejo para Deus

Ouvi dizer que um sujeito
Lá da minha região,
Homem simples, mas direito,
Como é comum no sertão,
Se sentindo aperreado,
Pelo destino acuado,
Sofrendo ao lado dos seus,
Sem saber o que fazer,
Se predispôs a escrever
Uma carta para Deus.

Mas o que mais assustava
Esse cidadão pacato
É que ele observava

O mundo em grande maltrato.
Nos campos, devastação;
Nas águas, poluição;
Nos lares, insegurança;
Nos homens, falta de amor;
Nos bichos, ar de terror;
Na gente, desesperança.

E a carta dizia assim:
"Bom Deus, quero que me atenda...
Desejo que olhes por mim,
Porque, mesmo eu tendo renda
E uma esposa atenciosa,
Uma prole generosa,
Saúde boa e amigos,
Tenho sido um sofredor.
Me socorra, por favor,
Pois corro muitos perigos.

Querido Deus, me dê paz,
Tolerância e humildade
Para entender o que faz
Neste mundo a humanidade.
Veja o sertão como está!
Uma vez tinha preá,
Veado, peba, tatu
E outros animais pequenos,
Mas devastaram os terrenos
E hoje o sertão está nu.

Estão poluindo o mar,
E essas agressões não param.
E está ruim pra pescar,
Pois muitas fontes secaram,
Secando os rios também.
Os que não secaram vêm
Sendo muito castigados.
Hoje os poucos passarinhos
Que margeiam os meus caminhos,
Sinto que estão mais calados.

A situação do pobre
Está triste, está cruel.
Já não tem madeira nobre,
Não se pode colher mel,
Porque acabaram com tudo.
Eu fico triste e sisudo
Quando analiso o perfil
Desses donos do poder
Que pouco podem fazer
Para salvar o Brasil.

Bom Deus, já sei muito bem
Que me dás grandes presentes:
A noite, o dia também,
A chuva, as águas correntes,
O vento, as bonitas flores,
As ramagens multicores,
Esse ar puro que respiro…

Mas não está nada bom.
Estão acabando com
Tudo de bom que admiro.

Sei muito bem, Deus, que Tu
Me fizeste inteligente,
Forte como um boi zebu,
Zeloso e benevolente.
Tu pediste que eu lutasse,
Que eu fosse inquieto, criasse,
Articulasse e subisse;
Me pediste que eu vencesse,
Que eu plantasse, que eu colhesse,
E que não me destruísse.

Tu pediste que eu pensasse
E elegesse o meu destino,
Que não me precipitasse
Nem nunca perdesse o tino.
Me ensinaste a perdoar,
A rir em vez de chorar,
Buscar e me descobrir;
Viver em vez de morrer...
Que eu preferisse crescer
Em vez de diminuir.

Sei muito bem, Pai amado,
Que me pediste pra ser
Simples, puro, ponderado,

Sempre disposto a aprender,
Sendo também dadivoso,
Inocente, generoso,
Um porta-voz da alegria,
Um grande exemplo de amor…
E que eu fosse um protetor
De tudo que a terra cria.

Pediste que eu praticasse
A solidariedade,
Não traísse, não frustrasse,
Primasse pela verdade,
Sendo justo e elegante,
Que amasse o meu semelhante,
Protegesse os animais…
Que, em vez de construir
Armas para destruir,
Usasse as armas da paz.

O pior de tudo, Deus,
É que faço a minha parte;
Tenho orientado os meus,
Com graça, ternura e arte.
Mas, olhando ao meu redor,
Percebo que está pior
O mundo com tanta guerra,
Com tanta história de bomba.
Desse jeito o homem tomba,
E sua história se encerra".

Foi essa a simples cartinha
Que um sujeito do sertão,
Que apenas bondade tinha
No fundo do coração,
Fez e mandou para Deus,
Contando os suplícios seus,
Tristemente lamentando
Seus sonhos quase perdidos.
Ele fez muitos pedidos,
E Deus está analisando.

Se meu cachorro pensasse

Se meu cachorro pensasse,
Acho que seria assim:
"Alguém diz que eu sou sem classe,
E não faz muito por mim,
Mas vejo contradições
No conjunto das ações
Do ser humano hoje em dia.
E não sei por que me ofendem,
Nem por que tão pouco entendem
Quando lato de alegria".

Se meu cachorro pensasse,
Na certa imaginaria:
"Se o ser humano abrandasse
O coração algum dia,

Entenderia a razão
De minha indignação
E viria em meu socorro.
Ora, se um sujeito é
Mau caráter, bate o pé
E logo diz: é um cachorro!

Mas, quando é homem bonito,
Logo é chamado de gato.
É por isso que me irrito
E acho o ser humano ingrato.
Se corro atrás de uma bola,
O homem se descontrola
E acha estranho, ou engraçado.
Mas futebol o que é?
Correr com bola no pé
É algo civilizado?"

Se pensasse, o meu cachorro
Depressa concluiria:
"Como, brinco, bebo, corro,
Durmo muito todo dia...
O homem, por outro lado,
Sempre apressado, cansado,
Às vezes com depressão,
Luta muito, se atormenta,
E ao anoitecer comenta
Que teve um dia de cão.

Sou, por acaso, um sortudo,
Pois, se desejo um biscoito
E o meu dono está sisudo,
Faço uma cara de afoito,
Resmungo e sou atendido.
Mas percebo, entristecido,
As muitas dificuldades
De outros cães que não têm nome
E vivem passando fome
Em muitas localidades".

Meu cão pensaria mais,
Se ele pudesse pensar:
"O homem diz e não faz,
Eu faço sem avisar.
Ele, sempre muito insosso,
Nunca compreende que um osso
Me deixa bem mais feliz
Do que qualquer ser humano
Que conquista um oceano,
Um carro novo ou um país".

Se o meu cachorro pudesse
Pensar do jeito que eu penso,
Pensaria: "Esse estresse
Que você sente eu dispenso.
E seja mais cauteloso,
Pois o lanche mais gostoso
Do mundo besta, a meu ver,

É o que você conquistou
Por algo que se esforçou
Muito, muito pra fazer".

Talvez o meu cão pensasse,
Curtindo a sua preguiça:
"É o homem que não tem classe,
Porque comete injustiça,
Polui o meio ambiente,
Mata, queima, corta, mente,
Engana, não cumpre prazo,
Mostra-se cruel e ingrato,
E se irrita quando lato
Ou faço xixi num vaso".

Pensaria mais meu cão,
Se lhe fosse permitido:
"Com tanta devastação,
O homem estará perdido!
Diante de tão grandes danos,
Mais uns oitenta, cem anos
E ninguém vai encontrar
Água boa pra beber,
Frutos limpos pra comer,
Nem sombra pra cochilar".

Meu cão inda pensaria:
"O mundo é muito sem graça
Para a grande maioria

De minha indefesa raça".
E ele mostraria ainda
Que a vida seria linda
Se houvesse mais lealdade.
Com os olhinhos de alegria,
Ele nos ensinaria
Amor e fidelidade.

Mas meu cachorro não pensa,
Coitado do meu cãozinho.
Por pequena recompensa
Ele dá muito carinho.
Se brigo, ele fica triste,
Mas, por ser bom, não desiste
Nem desata os nossos laços.
Basta um carinho miúdo
E ele abranda, esquece tudo
E corre para os meus braços.

Quando parto, ele entristece,
Não gosta de solidão.
Torce para que eu regresse,
E, ao balançar o portão,
Ele de longe percebe,
E toda vez me recebe
Com satisfação imensa.
Gosta muito de um agrado.
Eu estou desconfiado
De que meu cachorro pensa.

Ele é tão esperto que
Só vai dormir quando chego.
Cuida, me espreita e me vê
Com respeito e desapego.
Vibra com os meus cafunés,
Se assanha, cheira meus pés,
Tem um olhar tão profundo,
Tão revelador e doce,
Que me vê como se eu fosse
Dono do resto do mundo.

Onde se carrega o amor

Em uma escola pequena
E simples do interior,
Havia um aluno muito
Inquieto e perguntador,
Um menino que vivia
Questionando o professor.

O seu nome era Joãozinho,
E um dia quis confundir
O tal professor. E disse:
"Poderia resumir
O amor e me dizer onde
O podemos conduzir?"

O professor disse: "Vixe,
Que pergunta inteligente!"

E explicou para os alunos,
Muito resumidamente,
Que o amor é uma coisa
Que mora dentro da gente.

Depois disso o professor
Fez profunda explanação,
Discorreu sobre amizade,
Amor, paixão e razão,
E em seguida, satisfeito,
Pediu com moderação:

"Quero que saibam que todos
Têm aqui grande valor.
Preciso que cada um
Vá buscar noutro setor
Algo que faça lembrar
As maravilhas do amor.

Vão examinar os rios,
As plantas e os animais,
As cores, os movimentos,
As pedras... E muito mais:
Recolham algo que lembre
O bem que o amor nos faz".

Disse mais o mestre: "Prestem
Atenção na natureza,
Observem com cuidado,

E eu tenho quase certeza
De que verão algo que
Represente essa beleza.

Reparem que é sem medida
O valor que o amor tem.
Ele está em todo canto,
Não discrimina ninguém,
É bom, é justo, não falha,
Rejuvenesce, faz bem".

As crianças se agitaram...
Logo a sineta tocou,
E elas saíram às pressas.
Mais tarde a turma voltou,
Trazendo coisas diversas,
E o professor se alegrou

E disse: "Agora sou eu
Que quero ser sabedor.
Vocês trouxeram o quê?
Mostrem tudo, por favor!"
Disse o primeiro menino:
"Eu trouxe bonita flor.

Ela estava numa planta
Frondosa e exuberante,
Passei por perto e senti
Seu perfume inebriante,

Contemplei sua beleza
E a arranquei no mesmo instante.

E imaginei: se ela pode
Perfumar a natureza,
Vai perfumar minha escola,
Minha sala e minha mesa.
E todos vão se encantar
Diante de tanta beleza".

Já a segunda criança
Disse com satisfação:
"Eu trouxe uma borboleta,
Tão negra quanto o carvão.
Linda demais, e ela vai
Para a minha coleção.

Consigo ver o amor
Nesta linda borboleta.
Havia muitas, mas eu
Preferi trazer a preta.
Ela agora vai deixar
Bonita a minha gaveta".

O terceiro dos meninos
Se apresentou de mansinho
E disse: "Professor, eu
Trouxe um lindo passarinho.

Ele é somente um filhote,
Estava ainda no ninho".

Disse mais essa criança:
"Ele não é uma graça?
Dormia num galho forte,
Do outro lado da praça,
Mas percebi que ele estava
Exposto a grande ameaça".

E concluiu: "Senti pena
Da mãe desse passarinho,
Mas peguei somente um,
Deixei o outro no ninho
Para a mãe poder lhe dar
Seu conforto, seu carinho.

Também tive muito medo
De alguma estranha manobra
Por parte dele, ou que ali
Aparecesse uma cobra
E o devorasse. Perigo
Por ali tinha de sobra".

Assim, todas as crianças
Foram se manifestando,
E o professor no seu canto,
Com cuidado observando.

E ele notou que Joãozinho
Chegou de mãos abanando.

E logo perguntou com
Voz bem postada e ar doce,
Mas com firmeza: "Joãozinho,
Por que você nada trouxe?"
No mesmo instante, a criança,
Envergonhada, esquivou-se.

E disse: "Peço perdão,
Digníssimo professor.
Eu também senti vontade
De lhe trazer uma flor,
Principalmente depois
Que vi sua linda cor.

Ela estava exuberante,
Embelezando o verdume,
Colorindo a natureza,
Exalando o seu perfume.
Se eu a trouxesse, o jardim
Ia ficar com ciúme.

Por isso a deixei no galho,
Exibindo a boniteza,
Atraindo outros viventes,
Perfumando a natureza
E deixando o povo alegre
Com sua delicadeza".

Disse mais o menininho,
Agora de fronte erguida:
"Professor, também vi uma
Borboleta colorida,
Muito leve... A mais bonita
Que já vi na minha vida.

Mas ela estava feliz,
Ali perto da roseira.
Então não tive coragem
De fazê-la prisioneira.
Deixei-a livre. E não creio
Que tenha feito besteira.

Observando os arbustos,
Também avistei um ninho,
E também senti vontade
De trazer um passarinho,
Mas não queria deixar
O seu irmão tão sozinho.

É que pensei no tamanho
Da dor e da frustração
Daquela mãe sem seu filho,
Logo a minha decisão
Foi deixá-lo, e o senhor
Não tire a minha razão.

Sabe, professor, tem uma
Coisa que muito consola.

Não gosto de passarinho
Numa pequena gaiola.
Gosto de brincar, porém
Isso comigo não rola.

Portanto, para não ver
A grande infelicidade
Do filhotinho e da mãe,
Eu tive tranquilidade
E optei por ver aquele
Passarinho em liberdade.

Então desejo pedir
Desculpas, bom professor,
Mas faça de conta que
Trouxe o perfume da flor,
E acho que isso é também
Manifestação de amor.

Trago ainda nos meus braços
A legítima sensação
De liberdade daquela
Borboleta, uma visão
Que emociona e que enche
De amor qualquer coração.

Trago ainda a gratidão
Daqueles três passarinhos,
Sendo a mãe e os dois filhotes

Ainda pequenininhos.
Em liberdade eles hão
De conhecer outros ninhos.

Não tenho como mostrar
O que trouxe, professor.
Mas posso lhe garantir
Que, seja lá como for,
É esse o meu jeito simples
De conduzir o amor."

O professor nesse instante
Vibrou de satisfação.
Todos viram que o amor
É uma manifestação
Que a gente somente pode
Carregar no coração.

Visitando o doutor

Sentindo coragem pouca,
Notando estranho sintoma,
Resquício de vida louca
De extravagâncias sem soma,
Igual um touro cansado,
Sonolento, estropiado,
E essa leseira aumentando,
Vi nos meus olhares vagos
Que era um passado de estragos
Ali me denunciando.

Sem novo horizonte em vista,
Resolvi me consultar
Com um valente especialista,
Que desasnou a falar:

"O senhor tá muito fraco!
Os nervos foram pro saco,
Veio à tona o comodismo...
Seu caso é bem complicado,
Depois de ter se entregado
A tanto sedentarismo".

Depois apertou meu braço,
Mediu a minha pressão,
Sondou estômago e baço,
Escutou meu coração
E viu de cara amarrada
A carcaça esbodegada,
Braços duros, bucho mole,
Os bofes sem resistência,
A cabeça sem tenência
E a boca igualmente um fole,

O doutor notou, ainda,
Meus dedos enrijecidos,
Minha visão na berlinda,
Os calos endurecidos,
As narinas dilatadas,
As mãos magras e manchadas,
O caminhar vagaroso,
Os calcanhares rachados,
Os cabelos branqueados
E o coração preguiçoso.

Sem me deixar explicar,
Falou com fala macia:
"Quem não sabe se cuidar
Rapidamente atrofia.
Seu colesterol subiu,
A pressão diminuiu,
O espinhaço afrouxou,
As orelhas aumentaram,
As canelas afinaram
E a bunda desconotou".

Mais tarde, pra complicar,
Quis saber da minha infância
E disse: "Dá pra notar
Que houve muita extravagância
A partir da adolescência".
Eu completei: "E carência
De orientação e de amparo,
Alimentação ruim,
Anos de labor sem fim
E longas noites em claro.

Se as pernas estão cansadas,
E os braços, esmorecidos,
É culpa das caminhadas
Atrás de sonhos perdidos.
Se está lento o coração,
É por causa de paixão,
De planos que fracassaram,

Aspirações que ruíram,
Mulheres que me traíram
E amigos que se afastaram".

Dei outras explicações
Ao tolerante doutor,
Falei das desilusões
Por que passa um sonhador,
E ele, pacientemente,
Concluiu: "Daqui pra frente
O melhor é se conter.
Não aja mais como um louco,
Dos outros espere pouco
E deixe o tempo correr."

O BICHO HOMEM

É perfeita a natureza,
Mas, infelizmente, o homem
Exagera (às vezes) e as
Vaidades o consomem.
Por isso muitas riquezas,
Se não cuidadas, se somem.

Um professor meu amigo
Garantiu que um belo dia
O sol imponente lá
Do alto tudo assistia.
Porém, como não falava,
Olhava e nada entendia.

Para se comunicar,
O sol apenas brilhou.

O seu brilho foi intenso,
E a natureza vibrou,
As aves se aglutinaram
E o grande mar se encrespou.

A arara grasnou por causa
Do tão barulhento grilo,
Que estridulou para o galo,
Que, quando viu tudo aquilo,
Clarinou para o camelo,
Que blaterou intranquilo.

Na grande torre da igreja,
Manifestou-se a andorinha.
Pensou em fazer verão,
Pois não estava sozinha,
Mas viu que não era bom,
Pipilou para a doninha.

Que guinchou para o coelho,
Que chiou para o leão,
Que bramou para a pantera,
Que rosnou para o leitão,
Que cuinchou para a serpente,
Que fungou para o pavão.

O pavão, muito bonito,
Mas ao mesmo tempo fraco,
Sentiu medo das abelhas

Que zumbiam num buraco.
Exibiu a boniteza,
Pipilou para o macaco.

O macaco assobiou
Para o bode, no quintal.
O bode bodejou rouco
Para espantar o chacal,
Que chorou para a avestruz,
Que roncou para o pardal.

O pardal chiou sem pressa
Para o sapo cururu,
Que rouquejou para o lobo,
Que ladrou para o peru,
Que grugulhou para os pombos,
Foi um grande sururu.

Os pombos, muito felizes,
Bonitos, ágeis e louros,
Pensaram no sol brilhante
E arrulharam para os touros,
Que se moviam querendo
Encontrar os bebedouros.

Mas os touros, como tolos,
Sempre fazendo barulhos,
Indo pra lá e pra cá,
Nada sabiam de arrulhos,

Logo urraram para os burros,
Em meio a muitos entulhos.

Os burros correram muito,
Subiram serras e morros.
Não entendiam de nada,
Nem de urros nem de esporros.
Então, o que eles fizeram?
Zurraram para os cachorros.

E os cachorros, mais sabidos,
Embora sem terem esposas,
E ainda muito indecisos,
Inventaram muitas cousas
E, confundidos com os zurros,
Ganiram para as raposas.

As raposas, com astúcia,
Chamaram logo as vizinhas
E, com medo dos cachorros,
Vigilantes das cozinhas,
Se esconderam. Resolveram
Regougar para as galinhas.

Por sua vez, as cigarras
Sentiram forte emoção
E estridularam contentes,
Curtindo a ocasião.

E elas pensaram que estavam
Anunciando o verão.

Mas as galinhas também
Sentiram umas coisas chatas.
E, com medo, solitárias,
Foram procurar as patas,
Cacarejaram dengosas
E se esconderam nas matas.

Estava reinando a mais
Calorosa das manhãs,
Então as patas grasnaram
Muito alegres para as rãs,
Que logo coaxaram para
As cegonhas, suas fãs.

Nessa hora os bois pastavam,
Mas, assim que eles ouviram
A mensagem das cegonhas,
Uns medos lhes invadiram,
Sentiram calor intenso,
E, já com sede, mugiram.

Eles pensaram que a água
Com o calor terminaria.
E avistaram uma coruja,
Que quase tudo sabia

E sobre discreta planta
Olhava e nada dizia.

E ela resolveu piar
Naquele momento exato.
Aquele piado fez
Acordar um pobre gato,
Que ronronou com preguiça
E achou o destino ingrato.

Acordado já, olhou
Com muita calma os vizinhos,
Mediu com cuidado a fome,
Investigou os caminhos,
Espreguiçou-se e saiu
Para caçar passarinhos.

Eles eram muitos, mas,
No momento em que notaram
A presença do felino,
Rapidamente voaram
Para a copa de uma árvore
Frondosa e não gorjearam.

Sobre um galho de três pontas
O Campina se escondeu;
O Cancão, com medo, foi
Para perto do Sofreu,

O Pintassilgo trinou
E a Fogo-apagou gemeu.

Isso assustou um bezerro,
Que começou a berrar.
Pensou que fosse o barulho
De uma cobra a assobiar.
Um pouco adiante uma ovelha
Baliu tentando se achar.

O grande rinoceronte
Grunhiu para o papagaio,
Que taramelou: "Do meu
Lindo poleiro não saio".
Mas avistou uma onça
E partiu, que nem um raio.

A onça, triste, esturrou,
Bem alto, como quem diz:
"Eu sou muito perseguida,
Sou mesmo muito infeliz!"
O seu esturro espantou
O beija-flor e a perdiz.

A perdiz cacarejou,
Contemplando o beija-flor,
Que arrulhou beijando as flores
De todo aquele setor,
Imitando o rouxinol,
Que, no galho, gorjeou.

Preso no chiqueiro, um porco,
Sem mais opções, grunhiu.
Num grande cortejo os corvos
Voaram, o dia se abriu.
Depois que eles crocitaram,
O nevoeiro cobriu.

Um cavalo, bom e humilde,
Naquela hora parou,
Olhou com grandes pesares
Os seus pares, relinchou,
Imaginou muitas coisas
E, por fim, se desculpou.

E ele abaixou a cabeça,
Mergulhou numa tristeza,
Porque estava conduzindo
O homem, que é uma beleza,
Mas é o único animal
Que destrói a natureza.

Prende as aves, mata os bichos,
Fere a terra, suja o mar,
Joga lixo nas encostas,
Lança fumaça no ar…
Não sei, não posso saber
Como isso vai terminar.

A ILHA QUE A PRINCESA SALVOU

Entre arvoredos e pedras
Seguia bonita trilha,
Que ia dar numa praia,
Verdadeira maravilha.
Dali a gente avistava
Uma encantadora ilha.

Era uma ilha pequena,
Arredondada e singela.
Tinha muitos pés de coco,
E até por isso tão bela.
E muita coisa cabia
Sobre a superfície dela.

E ela não tinha mistérios,
Morcegos, cabras nem grutas,

Mas tinha floresta densa,
Pés de saborosas frutas,
Dois igarapés pequenos
E cinco ou seis pedras brutas.

Apesar de não ser longe,
E de se apresentar bem,
De ter águas cristalinas
E praias calmas também,
Era tranquila. Até ela
Não ia quase ninguém.

Mas certo dia naquele
Lugar de paz e beleza
Chegou um Príncipe formoso
Com uma bonita Princesa.
Ali ficaram bom tempo
Contemplando a natureza.

Eles estavam ali
Em plena lua de mel.
Os dois andavam, pisavam
O verdejante vergel,
Tão lindo que não dá para
Descrever neste cordel.

A tal Princesa bonita,
Muito falante e morena,
Naquele lugar tranquilo

Permanecia serena,
Vendo tanta coisa linda
Numa ilha tão pequena.

Todo dia de manhã
Gostava de pôr os pés
Na areia branca da praia,
Depois sentia as marés
E olhava as aves cantando
Perto dos igarapés.

Mas a Princesa também
Viu naquele paraíso
Alguma coisa que muito
Abalou o seu juízo.
E ela disse: "Mas será
Verdade isso que diviso?"

Ela muito se espantava
Sempre que a maré subia,
Pois nesse vir e voltar
De vez em quando trazia
Sacola e garrafa pet,
Coisas que ninguém queria.

Trazia também sofá,
Pneu de carro, isopor,
Restos de rede de pesca,
Gaiola, computador,

Lona, vidro, guarda-chuva,
Madeira e ventilador.

Isso deixava a Princesa
Numa tristeza sem fim,
Pois quando chegou na ilha
Não pensou que fosse assim.
Aquilo deixava toda
Paisagem feia e ruim.

Depois que a maré baixava,
Ficava muita sujeira.
Uma vez ela encontrou
Os restos de uma cadeira,
As tábuas de um guarda-roupa
E um tronco de bananeira.

Pior é que essa sujeira
Que vinha do continente
Causava mil prejuízos
Àquele meio ambiente,
Deixava a ilha sem graça
E a Princesa descontente.

Uma tarde ela encontrou
Na areia velhos jornais,
E falou consigo: "O homem
Faz, mas às vezes desfaz".

Aquilo tirou da jovem
O gosto, a calma e a paz.

O povo do lugarejo,
Que não era tão distante,
Até sentia vergonha
E carregava o semblante.
Para eles, não sujar
Era mais interessante.

Até os pássaros da ilha
Já estavam sufocados.
Os peixes que ali chegavam
Ficavam incomodados,
Porque com poluição
Não eram acostumados.

Pescadores por ali
De vez em quando passavam,
E vendo aquela sujeira
Também se preocupavam,
Pois de águas e peixes limpos
Era que eles precisavam.

E, vendo os esforços grandes
Da delicada Princesa,
E que ela também amava
A ilha, o mar e a beleza,

Disseram: “Vamos fazer
Algo pela Natureza”.

Então juntaram-se a ela,
Com desejo de ajudar,
Almejando ver mais limpos
O céu, a terra e o mar,
Para terem condições
Melhores para pescar.

Outros pescadores foram
Aos poucos se aproximando
E, vendo que a ilha estava
Sofrendo, quase “afundando”,
À Princesa se juntaram,
E o vento soprou mais brando.

O certo é que, com a ajuda
Daqueles bons pescadores
E os esforços da Princesa,
A ilha ganhou mais cores.
E até mesmo os passarinhos
Ficaram mais cantadores.

Depois de muito trabalho,
Aquele lindo lugar
Ficou limpo, e todo mundo
Resolveu comemorar.
Houve festa e cantoria,
E a paz voltou a reinar.

O Príncipe, que, pelo jeito,
Era muito preguiçoso,
Pois quase nada fizera,
Agora estava orgulhoso
Com o resultado daquele
Trabalho maravilhoso.

E os dois voltaram pra casa,
Depois de comprido banho.
A ilha ficou no mesmo
Lugar, do mesmo tamanho.
Hoje todos reconhecem
Que aconteceu grande ganho.

Tem uma coisa que eu digo
E todo mundo acredita:
Naquele lugar a lua
Hoje nasce mais bonita,
E até a linda gaivota
Canta muito mais gasguita.

A NATUREZA AGREDIDA PEDE PRA SER RESPEITADA

No planeta Terra, a vida
Está correndo perigo.
Então, quero que você
Preste atenção no que digo:
Não agrida a natureza,
Não seja dela inimigo.

Ela é razão de tudo
E não quer ser agredida.
Não gosta de ser cortada,
Não gosta de ser ferida,
E, se acaso isso acontece,
Naturalmente revida.

Ela não erra. E é linda,
Bondosa, maravilhosa.
Se é respeitada, nos dá
Recompensa valiosa.
Mas, quando é agredida,
Fica muito perigosa.

Por isso as grandes enchentes,
As secas e os furacões,
Ciclones e maremotos,
Tempestades e tufões
Que abalam o globo terrestre
Em todas as regiões.

Dia desses decidi
Visitar o interior
Do meu Brasil tão bonito,
Mas senti enorme dor
Quando avistei gente com
Instinto destruidor.

Gente que, sem precisão,
Prende o pássaro que canta,
Mata os animais silvestres,
Corta toda e qualquer planta
E ainda faz grandes queimadas,
Coisa que muito me espanta.

Então me lembrei de quando
Eu era um adolescente.
No interior do Nordeste,
Aves cantavam pra gente
E outros animais brincavam
Pertinho do meu batente.

No quintal eu escutava
Sabiá de Bananeira,
Mais uns canários-da-terra
Cantando na catingueira
E preparando os seus ninhos
Nas brechas da cumeeira.

O nosso terreiro era
Um palco de passarinhos;
Pintassilgos, patativas,
Papagaios, caboclinhos,
E muitos outros que a gente
Avistava nos caminhos.

De tardezinha se ouvia
Inhambu cantando feliz,
Juriti e asa-branca,
Sofreu, viana, concriz,
Azulão, bico-de-prata,
Periquito e codorniz.

Via-se mexeriqueira,
Peitica, gurinhatã,
Seriema, lavadeira,
Macuco, maracanã,
Jacu, cancão, quero-quero,
Paturi e jaçanã.

A casa do joão-de-barro
Era tão especial
Quanto a canção da burguesa,
O trinado do pardal
E a beleza inconfundível
Do colibri e do cardeal.

Mas está triste o sertão,
Pelado de fazer dó;
Não se vê mais araponga,
Anum-preto, pixoxó,
Tiziu, viana, carão,
Pássaro-preto e curió.

E os animais? Tinha anta,
Caititu… E tinha até
Guariba, mocó, cotia,
Lobo-guará, jacaré,
Bicho-preguiça, furão,
Preá, quati e punaré.
Na mata espessa se via
Macaco, peba, tatu,

Porco-espinho, saruê,
Gambá, veado, teiú,
Tamanduá, onça, gato,
Jaboti e gabiru.

Em todo canto se achava
Todo tipo de madeira:
Cedro, pau-d'arco, umburana,
Canafístula, craibeira,
Pau-ferro, angico, jurema,
Pau-marfim e aroeira.

Tinha muito mororó,
Algaroba e trapiá,
Cumaru, arapiraca,
Maçaranduba, jucá,
Barriguda, copaíba,
Maniçoba e sabiá.

Tinha ingá, unha-de-gato,
Peroba, angelim, pereiro,
Baraúna, pitombeira,
Cajarana e juazeiro,
Castanheira, mulungu,
Pau-brasil e marmeleiro.

Nas águas a gente via
Piau, dourado, pacu,
Cachara, pintado, bagre,

Carpa, cascudo, jaú,
Tilápia, curimatã,
Pirapitanga e paru.

Facilmente se pescava
Traíra, chorão, mandi,
Corvina, tucunaré,
Piranjuba, tambaqui,
Pirarucu, poraquê,
Matrinchã e lambari.

A piaba e o corró
Em tudo que é poço tinha.
E não faltava manjuba,
Piranha, charel, tainha,
Ponta de agulha, cavala
E as espécies de sardinha.

Se a gente queria mel
Encontrava jandaíra,
Arapuá, jataí,
Abelha-branca, cupira
Boca-de-limão, canudo,
Enxuí e tataíra.

E encontrava a mandaçaia,
A tubiba, a uruçu,
A mosquitinho-da-praia,

A zangada capuxu,
A valente sanharão,
Mais a de mel nobre, enxu.

Mas agora um véu cinzento
E ameaçador nos cobre,
Pois pra onde a gente olha
Vê o sertão feio e pobre.
O homem cortou, sem pena,
Toda e qualquer planta nobre.

Além disso, abriu crateras
E expulsou os animais;
Abelhas foram embora,
Buscando viver em paz,
E as poucas aves que restam
São perseguidas demais.

Sem nenhum critério, o homem
Usa terríveis venenos
Que matam plantas e bichos,
Desde os grandes aos pequenos,
Deixando contaminados
O que eram férteis terrenos.

Nas avenidas, a gente
Vê garrafas pelo chão,
Copos descartáveis, latas,

Sacolas de papelão
E vidros, coisas que causam
Desordem e poluição.

É preciso que tenhamos
Mais visão e competência;
Desmatar e poluir
É falta de inteligência!
Temos que cuidar de quem
Nos dá a sobrevivência.

É preciso plantar árvores,
Proteger os animais;
Queimadas são coisas que
Homem sensato não faz,
Senão o nosso futuro
Será difícil demais.

Pode machucar-se aquele
Que com muitas pedras bole.
Bastante me preocupa,
A mim e à minha prole,
Esse pão que a gente come
E a água que a gente engole.

Causa-me desassossego
O futuro do meu rio.
A sua lenta agonia
Já me causa um calafrio.

Salvá-lo daqui pra frente
É meu grande desafio.

Também me incomodam muito
A poluição do ar,
A poluição dos lagos
E a poluição do mar…
Se não vierem mudanças,
Nós iremos definhar.

Se o homem não produzir
De maneira responsável,
Em breve não terá mais
Florestas e água potável.
E a vida humana na Terra
Vai se tornar inviável.

O homem é o responsável
Por essa fase sombria
Que o nosso planeta passa,
E mais dia, menos dia
Não teremos mais minério,
Muito menos energia.

Bastante me preocupa
A corrida espacial.
O homem polui até
O espaço sideral,
Constrói ogivas e bombas,
Mas está agindo mal.

Em vez de falar de amor,
O homem quer ser moderno.
Polui, engana e corrompe,
Tudo faz pra ser eterno,
Mas pode estar, pouco a pouco,
Arquitetando um inferno.

O homem quer ser um deus,
Mas por besteiras se ilude.
Tem inteligência, mas,
Se não mudar de atitude,
Vai morrer precocemente
Ou vai viver sem saúde.

Por isso é melhor que mude,
Reflita e respeite mais
Os nossos rios, os mares,
As plantas e os animais.
Se deixar para amanhã,
Pode ser tarde demais.

IMPORTANTES CONSELHOS

Faça com que sua vida
Seja de conforto e festa,
Mas procure viver longe
De pessoa desonesta.
O melhor mesmo é ficar
Perto de gente que presta.

Abra os olhos, pois tem gente
Querendo passar rasteira.
Tem um que só torce contra,
Outro que só dá canseira,
Mas é bom manter a calma
E não brigar por besteira.

Cuidado com o desmantelo,
E amor é o que nos atiça.
Tire um final de semana

Regido pela preguiça
Que é pra apagar da lembrança
Quem cometeu injustiça.

Os invejosos estão
Camuflados na tocaia,
Desejando que você
Não tenha forças e caia,
Se esparrame na calçada,
Se arranhe e leve uma vaia.

Procure se organizar,
Mas nem pense em desespero.
Pra não passar aperreio,
Pense em você por primeiro.
Tudo um dia vai passar,
Até falta de dinheiro.

Talvez alguém queira ainda
Maltratar seu coração.
Sebosas almas por certo
Ainda aparecerão,
Mas faça como eu lhe digo:
Procure outra direção.

Não há de faltar um traste
Com o desejo lhe tentar.
Então fuja desse povo
Que só sabe atrapalhar.
Mas não se afobe, e convoque
A mundiça pra brincar.

Levante a cabeça e olhe
Na direção do futuro,
Pois quem não ajunta agora
Pode enfrentar muito apuro.
Tenha sempre uma reserva,
Nunca dê tiro no escuro.

A gente erra e acerta,
Mas cresce quem menos erra.
Escute quem sabe mais;
Se precisar, suba a serra.
Tenha cuidado com quem
Não vale o que o gato enterra.

Se não vai dar conta, por
Favor não se comprometa.
Se vierem elogios,
Ouça, mas não se derreta.
As amizades sinceras
Guarde em segura gaveta.

É necessário saber
Se defender dos perigos.
E não se iludir diante
De suntuosos jazigos.
Faça por onde subir
E cuide de me incluir
Na sua lista de amigos.

HISTÓRIA DE DOIS AMIGOS

Esse fato se passou
Aqui mesmo no Brasil,
Quando governantes tinham
Postura fraca e hostil,
E era comum decidir
Pela força do fuzil.

Foi num tempo em que existia
Tortura de sul a norte.
Era precária a justiça,
Reinava a lei do mais forte,
E faltas eram punidas
Sem dó, com pena de morte.

Eu estou me referindo
A um período complicado,

Quando Portugal mandava
No Brasil (meu berço amado),
E o que aqui se produzia
Era para lá mandado.

E aquele que não pensasse
Como Portugal queria
Tinha destino cruel,
Pois a Corte perseguia,
Descobria o paradeiro,
Ia atrás e destruía.

Essa abominável prática
Era comum no passado.
Muito antes, Jesus Cristo,
Conforme fui informado,
Não pensou como os romanos,
Foi morto crucificado.

No Brasil as atitudes
Foram pouco diferentes.
Os poderosos levaram
Para a forca o Tiradentes.
Além deste, condenaram
Até alguns inocentes.

Muitos outros foram vítimas
De torturantes castigos.
Outros viveram fugindo,

Enfrentaram mil perigos.
Grande exemplo vê-se nessa
"História de dois amigos".

Dois homens bons que sabiam
Da vida os duros tropéis,
Acostumados nas lidas
E nas privações cruéis...
Por isso e por muito mais
Eram amigos fiéis.

E isso aconteceu na velha
E linda Minas Gerais,
Onde foram sepultados
Muitos dos meus ancestrais
E cujas grandezas eu
Não esquecerei jamais.

Nesse tempo em Vila Rica
Grande movimento havia,
E aquela tão rica vila
A passos largos crescia.
O sonho de liberdade
Pouco a pouco se expandia.

A cidade sobre a qual
Agora mesmo falei
Fica perto de Ouro Preto

E, conforme o que apurei,
Cresceu e mudou de nome,
Se chama São João del-Rei.

Pois muito bem... Um rapaz
Daquela localidade,
Que ao lado de alguns colegas
Lutava por liberdade,
Caiu nas mãos dos soldados,
Foi uma fatalidade.

Ele desejava que
O Brasil Colonial,
De futuro promissor,
Pusesse um ponto final
Nos impostos abusivos
Cobrados por Portugal.

Não sei se ele estava errado,
Não sei se estava tão certo.
Só sei que era seu desejo
Viver num país liberto.
Nem sequer imaginava
Que a desgraça estava perto.

Foi preso e interrogado,
Pois alguém o delatou.
Promovido o julgamento,
O juiz o condenou.

E foi por demais cruel
A pena que ele pegou.

Tinha que morrer na forca,
Igualmente a Tiradentes,
Para desestimular
Os demais inconfidentes
Tão sonhadores que tinham
Pensamentos diferentes.

Mas ele não era tolo,
Tinha muitos argumentos,
Poder de persuasão,
Além de olhares atentos
Sobre as fracas atitudes
Dos opositores lentos.

Assim que ouviu a sentença,
Tratou de não se afobar
E disse que precisava
Que aceitassem lhe escutar,
Pois tinha algo importante
Que precisava falar.

Disse então o condenado
(Seu nome era Salvador):
"Quero fazer um pedido,
Sei que sou merecedor.

Tenho esposa e tenho filhos
Que moram noutro setor.

Se eu morrer agora, todos
Também serão castigados.
Pela minha desventura
Eles não foram culpados.
Não posso morrer tranquilo
Com eles desamparados.

Solicito, pois, que me
Concedam o prazo de um ano
Para reparar ao menos
Um pouco do grande dano,
E aqueles que me são caros
Não me acharão desumano.

Quero que minha família
Não fique só, sem suporte.
Desejo ampará-la, assim
Ela terá melhor sorte.
No fim de um ano regresso
E cumpro a pena de morte".

O juiz disse: "Eu não posso
Atender o seu pedido.
Pois quem me garantirá
Que o prazo será cumprido,

Ou seja, que você volta
De acordo com o prometido?

Uma vez em liberdade,
Certamente deixará
A cidade e para longe
Por certo viajará,
Mudará de identidade
E nunca mais tornará".

Respondeu o condenado,
Com cuidado e veemência:
"Tenho muitas qualidades,
Dentre elas paciência,
Lealdade, compromisso,
Serenidade e prudência.

Se me for dado o direito
Supremo de visitar
Minha família, prometo
No dia certo voltar.
Deixarei, como penhor,
Um amigo em meu lugar".

"Aceito a proposta!", disse
O juiz muito exaltado.
"Mas, se você não voltar
Dentro do prazo acordado,

O seu amigo será
(Tenha certeza) enforcado."

Logo no dia seguinte
Apresentou-se Aldemir,
Que já foi dizendo: "Tenho
Séria missão a cumprir.
Sou fiel ao meu amigo,
E dessa não vou fugir".

Disse o juiz: "Cidadão,
Você é conhecedor
Do nosso acordo e já sabe
Que, se acaso ele não for
Cumprido, você se acaba
No lugar de Salvador?"

Aldemir respondeu: "Sim,
Dou a palavra de empenho.
Querendo um mundo melhor
Há muito tempo já venho.
Não tenho medo de nada,
Conheço o amigo que tenho".

Tudo então se resolveu,
Do modo mais corriqueiro.
E Salvador partiu para

Ignorado roteiro,
Deixando por garantia
Seu amigo prisioneiro.

Doze meses se passaram
E Salvador não voltou
Conforme o determinado,
E a coisa se complicou.
Mas Aldemir, o amigo,
Sequer se preocupou.

No centro de Vila Rica
Forca grande foi armada,
E, ao notar o movimento
Daquela gente assustada,
O bom Aldemir mostrou-se
De cara preocupada.

Muitos então comentaram
A falta de compromisso
De Salvador, um sujeito
Que fez tanto rebuliço
Para ser considerado,
E agora ser tão omisso…

Mas, de repente, a cidade
Pareceu alvoroçada.
Alguém chegou às carreiras

Anunciando a chegada
De Salvador, fatigado
Devido à longa jornada.

E ele disse: “Andei a pé,
Exposto a grande perigo,
Atravessei o sertão
Tendo o sol por inimigo,
Solidão por companheira
E saudade por castigo.

Não andei bem de saúde,
Mas já me recuperei.
Fiquei dois dias de cama,
Só por isso me atrasei,
Mas eu jamais faltaria
Com a palavra que dei”.

O juiz chamou os dois,
Aldemir e Salvador,
E disse: “Aldemir, você
Aqui foi o fiador.
É grande a sua coragem,
Sou seu admirador.

Seu amigo condenado
Poderia, de repente,
Sumir, deixando você

Numa grande boca quente,
Já que iria para a forca,
Irremediavelmente.

Porque você aceitou
Ser garantia e fiança?"
Aldemir respondeu com
Alegria e segurança:
"Ah! No coração do homem
Ainda existe confiança".

Ao escutar, o juiz
Ficou muito admirado.
A seguir virou-se para
O infeliz condenado
E o interpelou bondoso,
Curioso e assustado:

"A sua volta, rapaz,
É inusitada. E buliu
Com minha imaginação,
Já que você não fugiu.
A sua família o prende,
Mesmo assim não nos traiu.

Você podia ter ido
Para um lugar diferente,
Deixando aqui seu amigo

Para ser morto inocente.
Por que voltou?" Salvador
Respondeu placidamente:

"Reto juiz, eu voltei
Com muita tranquilidade,
Pois no meu coração mora
Meu sonho de liberdade,
E outra coisinha importante
Que se chama lealdade".

Ao escutar tais palavras,
O juiz, emocionado,
Disse para Salvador:
"Você está perdoado.
Quanto a seu amigo, este
Deve ser recompensado".

Alguns dos que estavam perto
Não puderam resistir
E perguntaram: "Por que
Recompensar Aldemir
E perdoar Salvador?
Quer mesmo nos confundir?"

Disse o juiz: "Sobre os dois
Amigos não me confundo.
E se absolvo o primeiro,
E se premio o segundo,

É porque muito me encantam
As maravilhas do mundo.

O meu perdão tem por fim
Mostrar à sociedade
Que esses dois homens agiram
Com nobreza e lealdade,
Pois no coração do homem
Ainda mora a bondade".

Outro disse: "Bom Juiz,
Eu quero pedir licença,
E que, por favor, retire
Essa minha dúvida imensa,
Pois não entendi por que
Instituiu recompensa".

Por fim disse o juiz, com
Calma e naturalidade:
"Provei que também carrego
Um sonho de liberdade,
E que ao lado da justiça
Mora a generosidade".

O vaqueiro João de Pedra e a fúria do rio

João de Pedra foi vaqueiro
De seu Teotonho Rabelo,
No Nordeste brasileiro,
Minha paixão, meu modelo
De vida alegre e saudável,
De gente mais que agradável,
De amigos mais que fiéis,
Matutos que não se escoram,
Homens fortes que não choram
Diante das dores cruéis.

Seu nome todo era João
Apolinário de Abreu.
Tinha um duro coração,

Que a vida inteira sofreu.
Entre coices e marradas
Conduziu muitas boiadas
Pelo sertão ressequido.
O gado lhe tinha amor,
Mas com o tempo ficou por
João de Pedra conhecido.

Para ele um grande rio
Era como um outro mundo.
Bonito, plural, sombrio,
Imenso, estranho e profundo.
Mas também largo e teimoso,
Traiçoeiro, perigoso,
Que agrada nas aparências,
Se expõe, se agranda e se agita,
E é como mulher bonita
Que destrói nas indecências.

Cada um diz o que quer,
E o que é dito e repetido
Por um motivo qualquer
É por verdadeiro tido.
João de Pedra foi assim,
Teve o bom, teve o ruim,
Teve tristeza, alegria,
Tirou proveito das mágoas
E aprendeu nas grandes águas
A viver na calmaria.

E ele entendeu que as respostas
Às vezes nos chegam lentas,
Que é preciso pé nas costas
E habilidade nas ventas.
E em vez de doce era sal,
Lama e cheiro de curral,
Desde a tarde desolada
Quando o rio, enfurecido,
Enlameado, ferido,
Carregou sua boiada.

Morreu tudo nesse dia,
Foi o maior desespero.
Além do mestre Anania
Morreu Zé Grande, o ponteiro
Melhor que o sertão criou.
Morreu o Dito, o Vatô,
O Ramada e o Romeu.
No meio da confusão
O companheiro Vadão
Também desapareceu.

Uma tarde eu conversei
Com João de Pedra, sem pressa.
De sua boca escutei
Algo que ainda interessa.
Foi muito o que dele ouvi,
E quero deixar aqui
Para você que conhece

E que possui sentimento.
Então escute o lamento
De João, em forma de prece:

"Só por milagre escapei,
Pra contar tão triste história.
A batalha que enfrentei
Está na minha memória.
Desde esse dia envelheço
Como pedra. Permaneço
Sem pensar em quase nada.
Sem noção, calado e frio,
Como que esperando o rio
Devolver minha boiada.

De tanto enfrentar perigo,
Findei ficando sisudo.
Nada mais tenho comigo,
Me desapartei de tudo.
O mundo é o que o mundo é!
Uns demonstram que têm fé,
Nem que seja no dinheiro.
Nunca fui de lamentar,
Mas quem vai se incomodar
Com desgraça de vaqueiro?

Esses dias veio aqui
Um sujeito boa gente.
Com ele estabeleci

Conversação pertinente.
Botou num torno o chapéu,
Falou de inferno e de céu,
Verões compridos e invernos,
Disse que eu ficasse esperto,
Senão era mais que certo
Ir pros quintos dos infernos.

Eu respondi: Nada temo!
Logo não me desespero.
Pra companhia do Demo
Eu não vou porque não quero.
Se ele vier me buscar,
Vai se decepcionar,
Porque sou forte e valente
E direi convicto: Imundo,
Enfie o rabo no fundo
E saia da minha frente.

Depois que o senhor ouviu
Esses argumentos meus,
Baixou a guarda, sorriu
E pôs-se a falar de Deus.
E disse: Deus é bondoso,
Iluminado, cheiroso,
Presente, forte e bonito.
Ele só quer nosso bem,
Gosta de ajudar a quem
Possui coração aflito.

Pode ser que brevemente
Venha buscá-lo também,
Até porque pra semente
Aqui não fica ninguém.
E como Ele é justo e bom
Pode ser que venha com
Alguma proposta boa
E você possa aceitar,
Que é pra não continuar
No mundo vivendo à toa.

Recuei (por garantia)
Dessa muita propaganda.
Se Ele vier qualquer dia,
Vou ter que torar de banda,
Céu também não me interessa
E sou um homem sem pressa,
Tenho um caminho traçado.
Não vou me deixar levar,
E nada vai consertar
Meu coração destroçado.

Tendo o meu próprio caminho,
Sei que o que vai não mais vem.
Diz Sebastião Marinho
Que boca tem céu também.
Dizem que Deus é só brilho,
Que chama a gente de filho,
Tem amor, tem compaixão...

Tudo conversa fiada!
Por que que Ele não fez nada
Quando viu minha aflição?

Se Deus é bom, sem desvio,
Se é justo e não erra em nada,
Por que permitiu que o rio
Levasse a minha boiada?
Não quero céu nem inferno.
Sempre fui justo e fraterno,
Derramei muito suor
Na longa estrada em que venho.
Chegando a minha vez, tenho
Um lugar muito melhor.

É um lugar bem diferente,
Em rota desconhecida.
Pra lá só vai mesmo a gente
Desencantada da vida,
Que passa o que já passei.
Onde ele fica? Bem sei,
Mas endereço eu não dou.
Não é céu, não é inferno,
Anotei no meu caderno,
E sei que é pra lá que eu vou".

João de Pedra disse, ainda,
Pra terminar a conversa:
"Detesto a maldade infinda

Da humanidade perversa,
Desleal e consumista.
Ando muito pessimista,
E já sei que tarde ou cedo
Todo mundo vai morrer,
Mas Deus não quer se meter
Com um homem que não tem medo.

Dos amigos bons que eu tinha
Restou somente a saudade.
Ela maltrata, espezinha,
Parece uma tempestade.
Saudade do Manuelzão,
Do seu Ruiz, do Vadão,
Do Vatô e do Ramada.
Homens que ainda me inspiram,
Que foram bons, mas partiram
Junto com minha boiada."

BRASIL, UM PARAÍSO AMEAÇADO

Quando Deus criou o mundo,
Olhou a América Latina,
Contemplou maravilhado
Aquela obra divina
E, com os doutores da lei,
Comentou: “Arquitetei
Por fim uma peça fina”.

Chamou de lado os Arcanjos,
Os Anjos e os Querubins.
E, com voz firme, ordenou:
“Convoquem os Serafins,
Pois na América do Sul
Quero matas, mar azul
E os mais bonitos jardins”.

O líder dos Querubins,
Vendo a América Latina,
Disse: "Deus, na terra há
Algo que bem não combina.
Não é que eu não tenha fé,
Mas veja que o México é
Proporcional à Argentina!

Já Nicarágua e Bolívia
São também proporcionais;
Panamá e Uruguai
Em tamanho são iguais!
Mas, olhando de perfil,
Nota-se que com o Brasil
O Senhor foi bom demais.

Acho melhor corrigir
Essa bobagem que fez!
Pra tanto, pegue o Brasil
E o divida em cinco ou seis!
Faça isso urgentemente,
Senão, muito brevemente
Vão chamá-Lo descortês".

Nisso Deus indagou com
Certa irritabilidade:
"Vocês estão duvidando
De minha imparcialidade?
Tenho juízo de sobra!

Portanto, toquem a obra
E trabalhem com vontade".

Poucos dias depois, Deus
Viu a sua paciência
Bastante abalada pela
Notícia de negligência
Da parte dos Serafins,
Trabalhadores ruins,
Sem garra e sem consciência.

O líder dos Serafins
Convocou reunião,
E Deus, que compareceu,
Prestou bastante atenção.
E ouviu o líder dizer:
"Nós vamos interromper
Por enquanto a construção".

Deus viu de perto esse líder,
Um sindicalista nato,
Persuadindo os filiados
Daquele seu sindicato,
Para, de maneira leve,
Entrarem todos em greve
A partir daquele ato.

Ante a paralisação
Deus retrucou, entre os dentes:

"Trabalhadores, vocês
Estejam todos cientes
De que serão mais felizes
Se eu articular países
De tamanhos diferentes.

Eu quero diversidade!
Quero a terra dividida
Com país grande e pequeno,
E muita espécie de vida.
Com relação ao Brasil,
Eu quero um céu cor de anil
E a paisagem colorida".

O líder dos Serafins,
Com sinais de intransigência,
Tentou persuadir Deus
Com sua forte eloquência:
"Não é somente o tamanho!
Sabemos que há perda e ganho,
Mas queremos coerência.

Não tô falando somente
Em termos proporcionais
E nem nos tamanhos das
Áreas territoriais
Que o Senhor tá construindo.
Estamos nos referindo
Aos fenômenos naturais.

Repare, Senhor: no México
E no Peru há desertos.
No Chile há deserto e neve,
E caminhos muito incertos.
No Brasil, por outro lado,
Há clima bem temperado
E bons caminhos abertos.

A pequena Cuba é
Um palco de furacões,
E na pobre Nicarágua
Há furacões e vulcões.
Além disso, há maremotos
E constantes terremotos
Por aquelas regiões.

Na minguada Guatemala,
Assim como El Salvador,
De vez em quando há algum
Fenômeno assustador.
No Brasil é diferente,
A gente encontra somente
Um clima reparador.

Há muita neve e geleira
Em toda região andina.
Já no Brasil há somente
Uma neve pouca e fina
Três dias em São Joaquim.

De resto, é um grande jardim
E uma flor em cada esquina".

Outro Anjo argumentou:
"Ser verdadeiro é preciso!
Por isso, Deus, seus enganos
Eu aqui não avalizo.
E vá logo respondendo:
O senhor está fazendo
Do Brasil um paraíso?"

Deus respondeu quase aflito:
"Quem lhe disse que Deus erra?
Vocês por acaso estão
Desejando empreender guerra
Contra mim, que fiz o mar
E estou querendo findar
Uns benefícios na terra?"

Disse um Serafim relapso,
Em um tom angelical:
"O Éden foi destruído
Por causa de um vegetal,
Um simples pé de maçã
Que por trás tinha Satã,
Nada bom nem cordial.

Vemos que o Senhor está
Trabalhando com cuidado

Para ver o paraíso
No Brasil reeditado.
Com seu apego incomum,
Quer fazer do Brasil um
Paraíso disfarçado.

Nós reunimos o nosso
Conceituado colégio
E achamos que é muito injusto,
Talvez até sacrilégio.
O Senhor foi infeliz
Ao mandar para o país
Brasil tanto privilégio.

Ou então como explicar
Condições tão colossais
Em um país que possui
Dimensões continentais,
Com vocação pra crescer
Sem jamais se aborrecer
Com catástrofes naturais?

Como explicar as bacias
Hidrográficas infindáveis,
Uma das maiores costas
Com belezas insondáveis,
Terra sem complicações,
Sendo seiscentos milhões
De hectares cultiváveis?

Ó Deus, estamos atentos
A esse seu secreto plano;
Ou então como explicar
Que o solo brasiliano
Tem potencialidade
Pra dar, com tranquilidade,
Três boas safras por ano?"

Deus coçou a branca barba,
Fez um breve ritual
E disse: "Sim, meus pupilos,
Suspeitam do natural.
Tive mesmo intenções mil
De abençoar o Brasil
De maneira especial.

Mas, na minha onisciência,
Sei que lá, por muitos anos,
Não será um paraíso,
Mas um lar de desenganos,
Por causa de uns desalmados
Que pra lá serão mandados
E causarão muitos danos.

E vocês, ó Anjos bons,
Preparem-se, que hão de ver
Qual o tipo de político
Que o povo vai eleger.
Não é um relato vago,

Mas vejam só o estrago
Que alguns homens vão fazer.

Eles vão matar os bichos
Pelo prazer de matar;
A bonita mata atlântica
Depressa vão devastar,
Com mãos de perversos mestres
Até as aves silvestres
Eles vão capturar.

Vão importar africanos
Para fazê-los escravos;
Vão explorar mão de obra
Pagando poucos centavos…
Vão matar índios, tomar
As terras e escravizar
Até seus guerreiros bravos.

Alguns desses tresloucados,
Na ânsia de enriquecer,
Vão assorear os rios
Até vê-los fenecer,
Como se fosse comum.
Em pouco tempo nenhum
Peixe irá sobreviver.

A água de alguns dos rios
Estará tão poluída

Que não se vislumbrará
Nenhuma espécie de vida.
E repare o que é pior:
Toda flora ao seu redor
Estará comprometida.

Onça, peixe-boi, tatu,
Veado, tamanduá,
Cotia, macuco, paca,
Preguiça, lobo-guará,
As araras, os macacos…
Se extinguirão quando os fracos
Humanos chegarem lá.

Eles inda extinguirão
Muita espécie de madeira
Centenária, como imbuia,
Mogno, cedro, cerejeira,
Araucária, angelim,
Umburana, pau-marfim,
Jacarandá e aroeira.

Nos primeiros cinco séculos
Após um tal de Cabral,
Haverá corrupção,
Preconceito racial,
Discriminação, miséria,
Intriga, roubo, pilhéria
E exploração sexual.

Vocês verão criancinhas
De barriguinhas vazias,
Andando sós pelas ruas...
Carência de moradias,
Acertos nos bastidores
E pobres trabalhadores
À beira das rodovias.

E verão ricos gastando
Milhões pagando propinas
A fim de comprar comendas,
Aparecer nas vitrinas
E alargar os seus caminhos.
Mais tarde os verão sozinhos,
Na mais triste das rotinas.

Verão ricaços gastando
Suas fortunas imensas
Adquirindo diplomas,
Negociando sentenças.
E verão outros roubando,
Traindo e assassinando
A troco de recompensas.

Quinhentos anos após
O Brasil ser descoberto,
Pra onde a gente olhar vai
Vislumbrar muito deserto.
Somente o mais consciente

Lamentará certamente
A dor de um futuro incerto.

Mas eu não perco a esperança,
E pode ser que algum dia
O brasileiro adquira
Muito mais sabedoria
E não eleja imbecil.
E cuide bem do Brasil,
Dia e noite, noite e dia.

É muito provável que
Nossa geração futura
Venha com mais consciência
E muito mais estrutura
Para fazer, de improviso,
Do Brasil um paraíso
Com muita paz e fartura."

No coração da floresta

Às margens de um grande rio,
No coração da floresta,
Lindo lugar onde a paz
Ainda se manifesta,
Reside um povo que gosta
De liberdade e de festa.

Todos respeitam a mata,
Os animais e o paul.
Durante o dia dá gosto
Contemplar o céu azul,
Que à noite serve de palco
Para o Cruzeiro do Sul.

Naquele lugar tranquilo,
De beleza colossal,

O povo tira da terra
Somente o essencial,
Mas sem destruir, e tudo
Do modo mais natural.

Tudo ali é alegria,
No inverno e no verão.
Tem muito peixe no rio,
Muitos animais no chão,
E o mais bonito arco-íris,
Quase ao alcance da mão.

Sempre tem um pé de fruta:
Buriti, cupuaçu,
Manga, banana, juá,
Coco, mangaba, caju,
Murici e fruta-pão,
Ata, cajá e umbu.

Tem sempre uma graviola,
E muitos pés de açaí,
De ingá, de maracujá,
De bacuri, de pequi,
De laranja, de limão,
Sapoti e buriti.

Quando chove forte, o povo
Sente dobrada alegria.
As tranquilas águas crescem,

E a natureza anuncia
Que nos rios da floresta
É tempo de pescaria.

Ali as crianças passam
O tempo todo a correr,
A brincar pelos terreiros,
E procurando aprender
Com os mais velhos muitas coisas
Que usarão quando crescer.

O avô ensina às crianças
A fazer flechas, caçar,
Preparar uma armadilha
Segura para pescar,
Ouvir uma longa história,
Respeitar e preservar.

E todas crescem sabendo
Que não devem destruir.
Pescam só o necessário,
Aprendem a repartir,
Caçar com moderação,
Ouvir e se divertir.

Criança aprende a fazer
Um fogo, um acampamento,
Um jirau, uma cabana,

Um fojo, um planejamento,
E um abrigo, que é tão bom
Quanto um bom apartamento.

Logo após a pescaria,
Uma fogueira é acesa.
Assa-se o peixe depois,
O jirau serve de mesa,
E todos comem, mas sempre
Respeitando a natureza.

As mulheres cuidam de
Descascar a macaxeira,
Ralar, passar na urupema,
Uma espécie de peneira,
Enquanto as crianças brincam
Ao redor de uma fogueira.

Na aldeia o povo divide
As coisas, com alegria:
As brincadeiras, os peixes,
O mamão, a melancia…
E a vida ali é vivida
Bem devagar, todo dia.

Uma vez um indiozinho
De cabelinho macio,
Como todos os meninos,

Perdeu-se perto do rio.
Esse descuido causou
No seu pai um calafrio.

Depois ficou tudo bem,
E o indiozinho voltou
Muito alegre para a aldeia,
E o seu povo se alegrou.
Uma roda foi formada,
E a festa principiou.

Mas todos se recolheram
Cedo, pois no outro dia,
De manhã, o indiozinho,
Sempre saltitante, iria
Pegar arco e flecha para
Treinar sua pontaria.

Antes de se recolher
Para comprido descanso,
O indiozinho escutou
Seu avô falando manso
Sobre o passado, sentado
Num confortável balanço.

E o velho avô falou muito
Sobre seus antepassados,
Sobre a lua, sobre o sol
E sobre os muitos cuidados

Que todos têm na floresta,
Onde os bichos são sagrados.

O velho avô falou muito
Sobre seus bondosos pais,
Sobre seus avós e sobre
As belezas naturais
Da floresta, que precisa
De amor, proteção e paz.

Esse avô falou também,
Para todo mundo ouvir:
"Eu acho muito importante
A gente se divertir.
Mas já ficou muito tarde,
E agora vamos dormir".

Sobre a morte

A morte é grande mistério,
Não marca lugar nem hora.
Pode chegar lentamente
Ou mesmo sem ter demora.
De todo jeito ela chega
E leva o sujeito embora.

Quando chegar minha vez,
Quero que alguém faça assim:
Me leve para o sertão,
Onde hei de virar capim
Para cavalos e burros
Pisarem em cima de mim.

Não preciso de velório,
Mas quero uns amigos meus

Dizendo versos, cantando
No meu derradeiro adeus.
E que todos fiquem bem
Nesse mundão de meu Deus.

Se alguém não gosta de mim,
Se achar que fui fraco ou chato
Ou que não fui bom poeta…
Relaxe, deixe barato.
Posso também ter errado,
Mas procurei ser exato.

Desejo ser enterrado
À beira de um matagal,
Perto de alguma porteira,
Um ponto fundamental
Onde o gado escaramuce
Na direção do curral.

Quero carneiros e cabras
Perto do pé da porteira,
Feita de tronco de angico,
Que dá para a capoeira,
E os touros coçando a cara
Na minha cruz de aroeira.

E, se acaso a minha cova
For à beira de um caminho,
Se por lá você passar,

Acompanhado ou sozinho,
Desapeie, reflita e escute
Um canto de passarinho.

Mas, se você não notar
Ali um sinal de cova,
Ou se não quiser me dar
Do seu amor grande prova,
Não tem nada, siga em frente,
Porque tudo se renova.

Uma carta a Satanás

Como vai, seu Satanás?
Primeiro eu vou lhe dizer
Que foi em missão de paz
Que resolvi lhe escrever.
Mas saiba que não sou triste.
Nem sei se você existe,
Se existe sei que não gosta
De quem sempre andou na linha,
Só que pra essa cartinha
Eu exijo uma resposta.

Se tal resposta mereço,
Desejo sinceramente
Receber no endereço
Que segue posteriormente.

E digo e lhe sou sincero
Que em nenhum momento quero
Nenhum pacto lhe propor.
Jamais pagarei seu preço.
Além do mais, obedeço
Ao meu santo Criador.

E não venha com quizila,
Pois não quero que me acuda.
Levo uma vida tranquila,
Não necessito de ajuda
E nem de sua presteza.
Mas tenho quase certeza
De que você vai gostar,
E até vai me agradecer,
Pois decidi lhe escrever
Porque quero lhe ajudar.

Em qualquer situação,
Com cuidado analisando,
A sua única função
É trabalhar castigando
Os que viveram mentindo,
Assassinando, extorquindo,
Deixando desiludido
Muito cidadão decente.
Então castigue essa gente
Que eu lhe fico agradecido.

Satanás, sei que você,
Mesmo não sendo direito,
Conseguiu um time que
Tem talento e leva jeito,
Do goleiro ao ponta-esquerda.
Apesar de muita perda,
Tem Caim, tem Gengis Khan,
Herodes, Pilatos, Brutus…
E muitos outros astutos,
Dos quais eu nunca fui fã.

Hitler e Stalin são das classes
Que viram sucesso e queda,
Conheceram duas faces
De uma mesma moeda.
Judas foi o traidor,
Nero foi o impostor,
Igualmente Barrabás,
Chacal, Saddam e Escobar,
Que também merece estar
Nas profundas infernais.

Por aqui quanta amargura
No tempo da repressão!
Quem semeou ditadura
Eu acredito que não
Ficou no esquecimento.
E quanto aborrecimento
O governo "collorido"

Causou, e quanta frieza!
Esse também com certeza
Não deve ser esquecido.

E os que provocam flagelos,
Feito monstros opressores?
E os que constroem castelos
Roubando os trabalhadores?
E os que assassinam turistas,
Prefeitos, sindicalistas,
Rios, plantas e animais?
Satanás, faça essa gente
Muitos anos penitente
Entre detritos fecais!

E os mui amigos doleiros
Que obtêm lucros incríveis?
E os empresários rasteiros
Que adulteram combustíveis?
E os peritos em promessas?
Oh, Satanás, cuide dessas
Empresas só de fachada!
E os reis da "pilantropia"
Que a gente vê todo dia
E não pode fazer nada?

Leve essa gente que teima
No crime, e se diz idônea,

Mata a mata atlântica e queima
Sem pena a nossa Amazônia,
Me espezinha, me difama,
Tira o que é meu e me chama
De otário quando protesto,
Não gosta que o povo sonhe,
E quer que eu me envergonhe
De ser bom, justo e honesto.

Leve quem ganha tributos
Pra destruir inocentes
Negociando produtos,
Viciando adolescentes,
Provocando confusão
E atrofiando a nação
Que já anda capengando!
Dê pra esses desalmados
Duzentos anos drogados
Sob seu cruel comando!

Faça o favor de levar
Quem por prazer prejudica,
Quem só sabe blasfemar,
Não agradece e critica!
Carregue os bajuladores,
Sacripantas mercadores...
E os destrutores da paz
Leve logo, se puder,

Porque esses Deus não quer
Nas regiões divinais.

Leve quem planta desgraça,
Eu lhe peço por bondade.
Seja inteligente, faça
Um "limpa" em minha cidade!
Leve os maus profissionais
E carregue quem se apraz
Com turismo sexual!
Leve quem usa o talento
Pra construir instrumento
De matar e fazer mal!

Finalmente eu pediria:
Carregue dois ambulantes
Que eu escuto todo dia
Com gritos extravagantes,
Numa confusão medonha!
É um que vende pamonha
E um outro que vende gás,
Num barulho intermitente,
Que no fim rouba da gente
Qualquer resquício de paz.

Eles são trabalhadores,
Isso a gente reconhece.
Mas castigue esses senhores,
Se castigo alguém merece!

Pra pagar os desenganos
Causados lhes dê dez anos
Nas gangorras infernais,
Numa confusão medonha,
Entre os gritos de "pamonha"
E a musiquinha do gás!

Já moro numa cidade
Com poluição de tudo.
Satanás, tenha bondade,
Faça depressa um estudo!
Repare que aberração:
É traficante, é ladrão...
E agora pra destruir
A paz de quem luta e sonha
Vêm o gás e a pamonha!
Isso eu não posso engolir.

Sei que você não se queixa
Das obrigações que tem
A cumprir, porém não mexa
E nem atormente quem
É bom, é justo e correto.
Por favor, seja discreto,
Ponha-se no seu lugar,
Pois eu exijo respeito.
Ademais, quem é direito
Já tem um Deus pra guiar.

Ontem, debaixo de chuva,
Do meu trabalho voltando
Vi o caminhão da uva
Na minha rua passando.
Já fiquei preocupado.
Portanto, tenha cuidado!
Detenha tal caminhão,
Senão eu mais me aborreço.
Findo com votos de apreço
E de consideração.

As três questões do professor

Uma vez no meu país,
Num lugar lindo e distante,
Viveu um homem feliz,
Um professor importante,
Muito bem relacionado,
Que andava muito intrigado,
Cheio de inquietações
E um peso grande nas costas,
Pois procurava respostas
Para três grandes questões.

Então ele promoveu
Pesquisa espetacular.
Muita gente respondeu!

Muitos queriam ganhar
Recompensa valiosa,
Depois de criteriosa
E firme ponderação.
Quem quisesse surpreender
Tinha só que responder
Muito bem cada questão.

Eis as três: "Qual o lugar
Mais importante do mundo?
Qual trabalho singular,
Mais criativo e fecundo?
E o homem mais importante
Da terra?" Naquele instante
O professor quis saber.
E disse: "Estarei contente
E darei paga decente
A quem melhor responder".

Sábios e ignorantes,
Gente de muitas andanças,
Velhos, jovens e estudantes,
Sempre cheios de esperanças,
Logo se manifestaram,
Se iludiram, desejaram
Boa recompensa e glória.
Só que dessa vez não deu,
Porque ninguém respondeu
De forma satisfatória.

Havia ali perto alguém
Que não quis se apresentar.
E esse poderia bem
Responder e agradar.
Era um velho curioso,
Sabido, criterioso
E de atitudes serenas.
Querido nas redondezas,
Não almejava riquezas
Nem honrarias terrenas.

E o velho, sábio dos sábios,
Recebeu chamado urgente.
Veio com um riso nos lábios
E otimismo surpreendente.
Ele tinha condições
De esclarecer as questões
Que afligiam o professor,
E quando foi instigado
Comentou determinado:
"Claro que sou sabedor!"

E disse no mesmo instante:
"Verdade maior não há.
O lugar mais importante
É onde você está.
Exatamente onde mora,
Cresce, sonha, colabora,
Pode ser útil, amar

E apreciar a beleza.
Digo com toda certeza
Que é esse o melhor lugar".

Sem demonstrar ponto falho,
Num tom sereno e vibrante
Ele prosseguiu: "Trabalho
Fecundo e interessante
É o que é feito todo dia.
Portanto, sinta alegria
No trabalho que executa.
Faça bem, seja prudente,
Porque a vida da gente
É sempre constante luta.

Se seu trabalho permite
Sustentar sua família,
Supere cada limite,
Resolva cada quizília,
Trabalhe no feriado…
Realize com cuidado,
Mostre que é alto o seu nível.
Pode derramar suor!
Procure ser o melhor
Nesse trabalho possível.

Você possui, com certeza,
Relevantes qualidades
E conhece a natureza

Das potencialidades.
Exercite a paciência,
A tolerância, a prudência,
A compreensão e a alegria,
Pois isso faz muito bem.
Vá fundo, porque ninguém
Faz o que você faria".

Mais disse o sábio brilhante,
Com calma e serenidade:
"O homem mais importante
Do mundo é, na verdade,
Quem precisa de você.
E vou lhe dizer por quê:
É que ele possibilita
O exercício da humildade
E a prática da caridade,
A virtude mais bonita.

A caridade é uma escada
De luz que leva às alturas,
E deve ser praticada
Por todas as criaturas.
Todo auxílio fraternal
É momento especial,
Capaz de nos transformar.
Sob o meu ponto de vista,
É a mais alta conquista
Que a gente pode almejar".

Diante das explicações,
O bondoso professor
Fez breves ponderações
E disse: "Eis o vencedor!
Minha busca aqui se encerra,
E minha missão na terra
Prossegue fortalecida".
E concluiu: "Me encontrei.
De agora em diante já sei
Qual o sentido da vida".

Lição de vida

Desde muito pequenino
Que eu escuto alguém dizer
Que quem não promove sonhos
Está propenso a perder.
Além do meu ideal,
Eu sou um profissional,
Porque lutei para ser.

Eu não posso esmorecer
Na luta do dia a dia.
Trabalho com transparência,
Serenidade e energia,
Para curtir a viagem,
Com firmeza, com coragem,
Sentimento e poesia.

Saúde, paz e alegria,
Trindade justa e fiel.
Verso com cheiro de flor
Rima com sabor de mel
E o meu Brasil cem por cento.
É sempre assim que apresento
Os versos do meu cordel.

Suportei crise cruel,
Mas nada aqui me embaraça.
Tenho que viver lutando,
E abraçando quem me abraça.
Tenho trabalho à vontade,
Mas sei que a felicidade
Ninguém consegue de graça.

Tenho algum nome na praça
E nos palcos principais,
Pois andei sempre direito
Entre os meios sociais.
Busco para tudo um jeito,
Mas nunca estou satisfeito,
Sempre aspiro a um pouco mais.

Cedo aprendi com os meus pais
Amor, justiça e perdão,
Lutar para me manter,
Procurar ser cidadão...
Na cultura popular

Ser humilde e não causar
Nenhuma decepção.

Cordel é minha paixão,
Meu mundo, minha grandeza.
Tenho a rima como irmã
E o verso como defesa.
Sorrir em cada vitória,
E escrever bonita história,
É da minha natureza.

Colocar o pão na mesa
À custa de muito trabalho,
Compreender que qualquer um
Pode ter um ponto falho,
Receber cada vizinho
Feliz como um passarinho
Se balançando no galho.

É perceber que um atalho
Pode encurtar a distância,
É suplantar obstáculos
Sem perder a elegância,
Sendo justo em cada preço,
Como um menino travesso
Que se encontrou na infância.

É saber que a tolerância
Deve estar em nosso meio,

Contemplar um rouxinol,
Com o seu singelo gorjeio,
É olhar o sol tremendo
E a maritaca comendo
Milho no roçado alheio.

Atravessar rio cheio
Sem duvidar da canoa,
Fazer tudo para ter
Uma convivência boa,
Ter o outro como irmão
E almejar, de coração,
O bem de cada pessoa.

Nunca fui de andar à toa,
Nasci para ser assim.
Me organizo como posso,
E, antes que chegue o meu fim,
Procuro enxergar além
Na companhia de quem
Quer o melhor para mim.

Suporto crise ruim,
Mas não acuso ninguém.
Saio de casa cedinho,
Atrás do que me convém,
Para ser, nesse processo,
Parte do mesmo progresso
Que a nossa bandeira tem.

Sobre oposições

Olhando os seres humanos
Com base em sérios estudos,
Vi certos e errados planos
Entre falastrões e mudos.
Mudanças são naturais,
E os homens são desiguais
Nos mais diferentes postos.
Vendo os caminhos abertos,
Uns preferem lados certos,
Outros vão pelos opostos.

Uns já têm propostas prontas
Para abordar os vencidos.
Esses, no final das contas,
Chorarão arrependidos.

Outros, tolos, se declaram
Completos porque roubaram
Ou barganharam vantagens,
Sufocando os semelhantes
Com gestos extravagantes
E baratas abordagens.

Vemos ímpios atrevidos,
Perversos e viciados,
Pelos caminhos compridos
Multiplicando os pecados,
Falsificando alegrias,
Diminuindo os seus dias
Entre perigosos canos,
Entrando sem ter convites,
Ultrapassando os limites
Desses passageiros anos.

Caminhamos vigiados
Por homens de falsos brilhos
Que nos fazem condenados
Ou constrangem nossos filhos
Com suas visões tacanhas
Movendo falsas campanhas
E miraculosas podas,
Enquanto nos arredores
De minha casa os piores
Idiotas ditam modas.

Beberrões fazem besteiras
Com doses envenenadas.
Pivetes causam canseiras
Nos que encontram nas calçadas.
Famílias de bem se agitam
Quando indefesas visitam
Os túmulos dos seus parentes
Que tocavam brandas liras,
Mas foram vítimas das miras
De criminosos doentes.

Uns cuidam das cicatrizes
A fim de aplacar as dores,
Enquanto os que são felizes
Consomem finos licores.
Uns cantam como cigarras,
Outros caem nas amarras
De covardes depravados,
E entre sentenças injustas
Dragões de ventas robustas
Nos espreitam camuflados.

De um lado jovens valentes
Vislumbram certos destinos,
E, enquanto uns incompetentes
Tocam tenebrosos sinos,
Olhos indefesos choram
E mãos de ferro devoram
As boas ações dos mansos,

Que, corajosos, trabalham,
Com pena dos que gargalham
Dos meus precários descansos.

Uns dão graças porque privam
De corretas amizades.
Outros rugem, desmotivam
Inteiras comunidades.
Enquanto uns cantam louvores,
Secam prantos, plantam flores
Inebriantes e puras,
Outros mentem, alienam
Sem pudores, e envenenam
O mundo e as criaturas.

Uns fedem como curtumes
Em crateras purgativas,
Outros usam bons perfumes
E exibem largas gengivas.
Mas são, muito embora lentos,
Artesãos dos sofrimentos
Remando barcos perdidos
De encontro a confusas bolhas,
De déu em déu, como folhas
Em tufões enraivecidos.

Uns pedem que nós entremos
Em suas lindas mansões,
Mas outros vão aos extremos

E promovem divisões.
Dos cubículos infernais
À casa dos nossos pais
Há perigosos desvios
E homens que muito se exibem.
Por sorte não nos proíbem
Sonhos e leitos macios.

Por ser filho do sertão

Minha terra abençoada
Pela mão da natureza
Faz lembrar a revoada
Das marrecas na represa,
E uma casa pequenina
Que tem cerca de faxina,
Prensa, moinho e pilão,
Vazante, broca e coivara...
Tudo isso é muito a cara
De quem nasceu no sertão.

Do meu passado feliz
Eu não consigo esquecer,
Onde vi no meu país
Meu primeiro alvorecer.

Na terra dos meus avós
O tempo passou veloz,
Deixando recordação.
Também se foram meus pais,
Mas os seus restos mortais
Não saíram do sertão.

Os mais poéticos relatos
Estão na minha memória.
Venho observando fatos
Para escrever minha história.
Hoje sou um nordestino
Obedecendo ao destino
E às rédeas do coração,
Distante de minha gente,
Numa vida diferente
Da que vivi no sertão.

Tenho dito que o poeta
Possui um campo infinito
E pode atingir a meta
Com seu trabalho bonito.
Eu tiro isso por mim!
Sinto alegria sem fim
Quando faço uma canção.
Em praça, clube e colégio
Eu tenho esse privilégio,
Mas não esqueço o sertão.

Só conhece um papa-vento
Quem é sertanejo puro.
A coragem do jumento,
Galo ciscando o monturo,
A noite de lua cheia,
Peba correndo na areia,
Pote, cuia, cacimbão,
Carne de sol e chouriço…
Só conhece tudo isso
Quem se criou no sertão.

O vaqueiro em sua lida
Organizando o curral,
Bezerro, vaca parida
Lambendo cocho de sal,
Pinto catando xerém,
Mulheres dizendo amém
Ou respondendo oração,
Uma tarefa de palma…
Isso representa a alma
Do nosso amado sertão.

Eu estou vivendo agora
Com saudade da terrinha,
Mas tudo tem sua hora,
E eu não vou sair da linha.
Moro na grande cidade,

Onde tenho liberdade
De exercer a profissão.
Até tenho regalias,
Mas quero o fim dos meus dias
Num cantinho do sertão.

Todo poeta precisa
Ser mais bem reconhecido.
Uma fonte de pesquisa
Foi, é e ainda tem sido.
No Brasil e no exterior
Segue esbanjando valor
E status de campeão,
E os versos que nascem dele
São qualidades que ele
Adquiriu no sertão.

Na arte em que eu me aprofundo
Me sustento e me garanto.
Pouca gente neste mundo
Ama o sertão do meu tanto.
O meu maior compromisso
É me empenhar no serviço,
Mostrar melhor produção,
Dentro do regulamento,
Até chegar o momento
De voltar para o sertão.

Há muitos anos eu venho,
Sem me cansar na viagem.
Muitas qualidades tenho,
Dentre elas calma e coragem.
Mas, também, tenho defeitos,
Obrigações e direitos,
E ando com os dois pés no chão.
Meu entusiasmo cresce,
Porque poeta conhece
As origens do sertão.

Enquanto eu puder viver,
Deixo esta frase no ar:
"Este é meu jeito de ser,
Não mudei nem vou mudar".
Me orgulho porque me vejo
No papel de sertanejo,
Com porte de cidadão.
Dou exemplo a velho e novo,
Mas não abandono o povo
Nem as coisas do sertão.

Saiba que nos meus poemas
Há um sentimento nobre.
Todo mundo tem problemas
(Branco, preto, rico e pobre).
Quem vive pela verdade

Busca uma oportunidade
Pra vencer na profissão.
Isso comigo eu guardei,
Desde quando abandonei
O meu querido sertão.

Eu disse que abandonei,
Mas é preciso explicar:
Foi sem querer que emigrei
Para um distante lugar,
Como muitos emigraram.
Alguns porque precisaram
Procurar colocação.
Pois este foi o meu caso,
Mas acho que em curto prazo
Regresso para o sertão.

Só para o bem vivo entregue;
O mal não me representa.
A derrota não me segue,
Fracasso não me atormenta.
Na luta não me atrapalho,
Pois dentro do meu trabalho
Não entro em contradição.
Levo a vida gargalhando!
Tudo que faço é pensando
No povo do meu sertão.

Sou um dos seres humanos
Pela sorte agraciado.
Depois de sonhos e planos,
Me sinto realizado.
Conheço o Brasil inteiro,
Não tenho muito dinheiro,
Mas não passo precisão
Nem promovo rebuliço.
E eu aprendi tudo isso
No meu querido sertão.

Eu não estou satisfeito

Conheço bem o Brasil
(Litoral, sertão e agreste)
E vejo no seu perfil
Beleza mais que inconteste:
A agricultura, os lugares,
As matas peculiares,
A secular tradição
E o povo bom e distinto.
Entretanto ainda sinto
Alguma insatisfação.

Não posso estar satisfeito
Vislumbrando homens hostis.
Percebo um caminho estreito,
De norte a sul do país:

Gente mal intencionada,
Maluca, desinformada,
Rival da democracia.
Espero alguma mudança,
Pois país nenhum avança
Refém da demagogia.

Não posso me sentir bem
Com tanta desigualdade.
Milagre do céu não vem,
Padece a sociedade.
Só mesmo se alguém vier
Não sei de onde e trouxer
Reconfortantes acenos,
Visando alguma melhora,
Porque a corda só se tora
Nas mãos de quem pode menos.

Padeço aguda tristeza
Vendo ruas alagadas,
Sofá, geladeira e mesa
Descendo nas enxurradas,
No maior dos desmantelos.
Eu mesmo já fiz apelos
Para o povo se cuidar,
Porque ainda vai chover,
Nossos rios vão encher,
E é besteira reclamar.

Qualquer um fica contente
Contemplando a natureza,
Mas ela, naturalmente,
Não quer indelicadeza.
Não posso estar satisfeito
Vendo falta de respeito
Com pessoas vulneráveis.
Em cima do nosso chão,
Geralmente os pobres são
Objetos descartáveis.

É duro a gente avistar
Pai de família sem renda.
Criança deve estudar,
E é natural que ela aprenda.
Por esses e outros motivos
Vejo alunos agressivos,
Sendo hostis com os professores.
E se a classe não vai bem
Eu acho que o erro vem
Dos administradores.

Nos lugares afastados,
É penosa a prevenção,
E os crimes são praticados,
Para minha frustração.
Muita multa sem sentido,
Motorista perseguido
Quando sai para o trabalho,

E o que trabalha e produz
Carrega pesada cruz
Diante de um sistema falho.

A sobrada prepotência,
O excesso de burrice,
A minguada competência,
A flagrante cretinice,
A muita alienação,
A falta de educação,
O racismo, o preconceito
E o precário compromisso
Me sufocam, e é por isso
Que não estou satisfeito.

Crianças abandonadas
Nos cruzamentos das ruas,
Estradas esburacadas,
Jeitinhos e falcatruas,
A saúde adoentada
E a justiça injustiçada,
Muito fora do padrão.
E eu, quase sem estrutura,
Indo e voltando, à procura
De alguma satisfação.

Mentiras disseminadas
Pelas redes sociais,
Cobranças exageradas

Nas repartições legais,
Imposto em cima de imposto,
Apreço pouco, mau gosto,
Solidão, desesperança,
E em toda esquina o descaso,
A violência, o atraso
E a falta de segurança.

Vendo a Amazônia atacada
Não posso estar satisfeito.
Quem mais pode não faz nada,
Quer mais é tirar proveito.
Tem lixo nas avenidas,
Famílias desprotegidas,
Miséria que não tem fim
E o desemprego que cresce,
Mas isso só acontece
Onde o governo é ruim.

No dia que eu perceber
Que alguém que possui riqueza,
E que também quer poder,
Mas para o bem da pobreza,
Para amenizar a dor
Do pobre trabalhador
Que precisa de respeito,
Quando constatar que a lei
É para todos, direi:
Agora estou satisfeito.